私たちはどう生きるか

「コロナと向き合う」

福岡伸一
あさのあつこ
山中伸弥
海原純子
ロバート キャンベル
若松英輔
中満 泉
湯浅 誠
木村泰子
辻 信一
末吉里花
藍原寛子
中村秀明
枝廣淳子
最上敏樹

婦人之友社

はじめに——誰も経験のないことを、読者と筆者と共に

世界各地での新型コロナウイルス感染は、私たちの暮らしを大きく変えました。日本では２０２０年1月に最初の感染者が報告されてから、じわじわと感染とそれに伴う不安感が広がり、３月には突然の小中高校など全国一斉休校。４月７日の７都府県、16日に全国への緊急事態宣言を経て、５月25日の解除後も感染防止の「ステイホーム」や「三密を避ける」が促され、生活風景は一変しています。

『婦人之友』には5月号（4月発売）以降、先の見えない不安の中にある読者へ、筆者の方々が各分野から実感あふれるメッセージを寄せてくださいました。読者からは感想と共に、進学の決まった子どもの大学が休みになり困惑する様子、家で過ごす時間が増えての悩みや楽しさ、マスクを手作りしたことなど、次々とお便りが届きました。

取り組み方のフォーマットのない、１００年に一度という事態に、多くの人が暮らしの中で向き合い、試行錯誤していました。それは筆者の方々の言葉にも、続々と届く読者の反響にも現れ、私たち雑誌の作り手もその時を共に生き、考えつつ歩んでいると感じる日々でした。

3月30日、筆者のお一人、イタリア・ボローニャで暮らす元新聞記者の中村秀明さんから編集部にメールが届きました。

「またたく間に死者が1万人を超えました。さすがに黙って見ていることができずに、誰かに何か

を伝えたくて今の空気を書いてみました。読者のみなさんの目に触れることができたら嬉しいです。書いたらもやもやしたストレスも解消されました」

それを、ボローニャの賑やかな頃の写真とともに『婦人之友』のフェイスブックとブログに載せると、大きな反応がありました。そして「心に染みた」というコメントは、日本だけでなく、ブラジルやドイツ、同じイタリアからも届き、編集部も大変励まされました。

イタリアからの手紙

イタリアの死者が先週の土曜日、1万人を超えました。それでも、「まだピークは見えない」と専門家は分析しています。そんな悪夢のような中でこの国の人々が何を思い、どう行動しているかをみなさんに伝えたいと思いました。

私のまわりの人たちは、自らが助かるため、あるいは家族や友人が助かるためではなく、見知らぬ人々も含めたみんなが助かるためにどうすればいいか、何をしたらよくないかを考えようとしています。

誰も感染した人を責めたり、その人の会社や組織の管理を問題視したり、あるいは家族を中傷したりはしていません。不注意ではなく不運なだけであり、もう十分に不幸だからです。感染した人は、症状が悪化する恐怖にさいなまれ、誰かに感染を広げたのではないかという不安を抱えて、苦悩しています。身近にそんな人がいれば、「大丈夫、良くなるよ」「早く元気になってね」と声をかけてあげたいと思っています。

「厳しい状況に立たされた時、人はその本性があらわになる」と言います。「悪意ある人は悪しきことに走り、善き人はいつもに増して良い振る舞いをする」とも。

テレビが、各家庭を直接訪ねて「困っていることはないですか？」と声をかける、ある女性市長を紹介していました。そしてホームレスに食事を提供し続ける慈善団体の人、「これは仕事ではなく使命です」と語るボランティアの救急隊員や「この困難を乗り越えたら街中の人にハグしたいわ」と語る看護師もいます。ニュースがこうした姿を伝え、家にこもる人々を勇気づけています。

ボローニャでは今週から、スーパーや食料品店などで行列に並ぶ高齢者や医療関係者がいたら、「順番を譲ってあげよう」という呼びかけが始まりました。

状況はまだまだ厳しく、明るい展望は見いだしにくいのですが、イタリアの人々は希望を失っていません。いや、それだけでなく、自ら希望をつむいでいこうとしているようにも見えます。

2020年3月30日

ボローニャ在住　中村秀明

それから、5カ月。世界での感染者数は2300万人を超え、日本でも約6万2000人が報告されています（8月22日現在）。亡くなる方、重症で闘病生活を送っている方も減らず、感染の波の脅威もあります。医療従事者や社会を支える方々の並々ならない苦心が続きます。

国連事務次長の中満泉さんは、「今私たちの住む世界は、おそらく人類史上の分岐点にあります」と、8月、日本で広島と長崎での平和記念式典に出席され、帰米する機内で書いています。

いまだ、このウイルスのことも、それへの対策についても不確かなことが多く、私たちは不安になり判断に迷います。この先、どのような暮らし、社会になっていくのかもわかりません。ただ、これまでと同じではない世界に生きるために、大人も子どもも知恵や力を使っていかなくてはならない。そんな中で、筆者の方々の言葉はきっと、私たちの心に響き続けるだろうと、一つにまとめ緊急出版することにいたしました。

書き下ろし、加筆等を快諾してくださった筆者の方々へ心より感謝いたします。

最後になりましたが、本書の美しいカバーデザインを手がけ、制作中の8月に急逝された装丁家の坂川栄治さんを悼み、感謝を捧げます。

このブックレットが、見通しのつかない明日への支えとなることを心から願って送り出します。

2020年8月末日

婦人之友社

もくじ

Part 1

共に

Part 2

未来へ

＊本書は、月刊誌『婦人之友』の２０２０年５～９月号の記事に加筆し、
書き下ろし６編を加えて再構成したものです。
＊字づかいは、筆者の表記を優先しています。

Part 1 共に

人影が絶えたボローニャ中心部のマッジョーレ広場。右の車はパトカー。（写真／筆者）

中村秀明 Nakamura Hideaki

「外出制限1カ月半のイタリアで見えるもの」

イタリアの新型コロナ感染死者は2万人を超え、世界でアメリカの次に多い（4月20日現在）。その悲しみと、感染防止措置の中、人々は励まし合い暮らしている。

不安定な心

イタリア全土での外出制限と店舗の原則休業が始まって約6週間。週に2、3度の食料品買い出しなどを除き、天窓のある38㎡の屋根裏部屋にこもっている。

大学のオンライン授業が週18時間あるので、日々の節目になっているが、さすがに自らの変調を感じる。身はともかく、心がどこかおかしい。

誰かと言葉をかわしたいのか。

スーパーのレジ担当との「こんにちは」「ありがとう、またね」というわずかな会話に気持ちが落ち着く。その勢いでホームレスに「チャオ、元気？」と声をかけてみる。街を巡回する警察官に「ぼくは日本人で会社を定年退職後、大学で哲学を勉強しているんだよ」と身の上話をしてみたいが、同僚とのおしゃべりに夢中で職務質問どころか、気にもとめてくれない。

感情は不安定になった。

医療関係者を励まそうと、たくさんのタクシーが総合病院に集まって運転手たちがずっと拍手をしている。そんなニュースを見ると、途端に胸がぐっとなってしまう。かと思えば、わけもなくイライラし、そんな自分に腹が立ち、またイラつく。

時間はたくさんあって、やることもあるが、その気が起きない。睡眠時間ばかり増えた。意外と打たれ弱かったのだ。少なくとも5月3日まで、この状況が続くと思うとため息が出る。

友人からの便り

そんな時、フランシスコ教皇の姿がテレビで流れた。ひと気の少ない非公開の復活祭のミサで「無関心、自己本位、分裂、忘却という言葉は今われわれが聞きたい言葉ではない」と訴えたが、いつもの活力はなく声に張りがなかった。

イタリアでは100人を超える聖職者が新型コロナで亡くなっている。家族が看取ることもかなわない死者の最期に立ち会ったためと言われている。教皇は早くから「病める人々に会いに行きなさい」と聖職者に呼びかけてきた。心が痛まないはずはない。

ある日、友人のアンナラウラさんから近況報告が届いた。この屋根裏部屋の所有者フランチェスコさん（東京在住）の母である。元大学教授の夫とボローニャ郊外で暮らす。

こんな詩のような文がつづられていた。

時はとまり　これまでの習慣は消えた
いまはない　友と会うことも
田舎の道を散歩することも
旅をしたりレストランで
食事をしたりすることも　もうないのだ
ボローニャの小さな家
巣ごもりしている私たちは
市場や路地を散策する楽しみを奪われている
学生たちのエネルギーがあふれる街
通りを歩けば　月桂樹の冠を誇らしげに戴いて
卒業を祝う若者にいつだって出会えたのに
未来への希望に満ちた彼らのまなざしが恋しい
金曜日の劇場や友との夕べが恋しい

「おかしくなっても大丈夫」

楽天的で陽気だと思われているイタリアの人々には、感傷的で寂しがりというもう一つの顔がある。アンナラウラさんだけでなく、たくさんの人々の表情に苦痛や悲しみが読み取れる。

そうなのだ。こんな状況の中、平静で泰然としていられる人はいない。多くのイタリア人が、教皇ですらもいつもと違う。だから「しっかりしなきゃいけない」のではなく、「おかしくなっても大丈夫。それが当たり前だ」と受け止めるべきなのだろう。自分のためにも、身の回りの人や、道で目を伏せながらすれ違う人のためにも。

だが、「しなきゃいけない」という人たちもいる。治療や検査の最前線にいる人、みんなの生活を維持するためスーパーやゴミ収集などで黙々と働く人たちだ。この6週間でイタリアでは医師131人、看護師34人が感染して命を落とした。より現実的で差し迫った不安や恐れを感じながら、心身ともギリギリの状態で職務を続ける人たちがいる。その営みは尊くかけがえがない。

思えば、現代社会は効率化や自動化、スピードアップを追い求め、人手をなんとか省こうとし、生身の人を軽視する方向に動いてきた。人よりも、技術や機械が世の中の役に立ち、あてになるという風潮だ。

そこへ新型コロナという原始的な生き物の攻撃を受けたが、英知を集めた人工知能（ＡＩ）やハイテクの粋のロボットがここぞとばかりに大活躍している話は聞かない。そっちに傾斜していたはずの日本でも「マンパワーが足りない」「現場が疲弊して対応できない」という悲鳴が響く。医療現場や保健所の相談窓口でも、スーパーやドラッグストアでも、結局は人の力が頼みである。高度な医療機器を配置しても扱いに慣れた人がおらず、すぐには育成もできない。キャッシュレスのセルフレジを増やしたところで、誰が倉庫の商品を棚に並べて補充するのか。

「人を救えるのは人でしかない」。そんな言葉が浮かぶ。

弱い人間の可能性

新型コロナ後の世界はどうなるのだろうか。いや、私たちがどうしていくかである。

ウイルスは人と人とのつながりを利用して、自らの生息範囲を広げる。感染を防ぐには、人とのつながりを拒んだり、距離を置き、接触を避けたりしなくてはいけない。そこに偏見が生まれ、差別も起きる。その意味でたとえ感染していなくても、私たちは人としてのあり方と営みをじわじわと冒されているようなものだ。これでは私たちの負けだ。

この間、新聞やテレビの報道で気づいたのは、人は誰かの力になろうとする時に強くなるし、誰かに支えられている実感があれば踏みとどまれるということだ。貧しい人に食事を作り、マスクとともに運ぶボランティア、病院の夜勤者に届けるために遅くまで働くピザ屋のオーナー、店の食料品を地域にただで提供するモロッコ移民の店主の姿もあった。

人はもろくて弱い、揺らぎやすく強靭でもない。何かをするのに時間もかかるし、ミスをすることもある。注意していてもウイルスに感染し、動けなくなることも。だが、その可能性は思いもよらないほどに大きく深く、測りしれない。

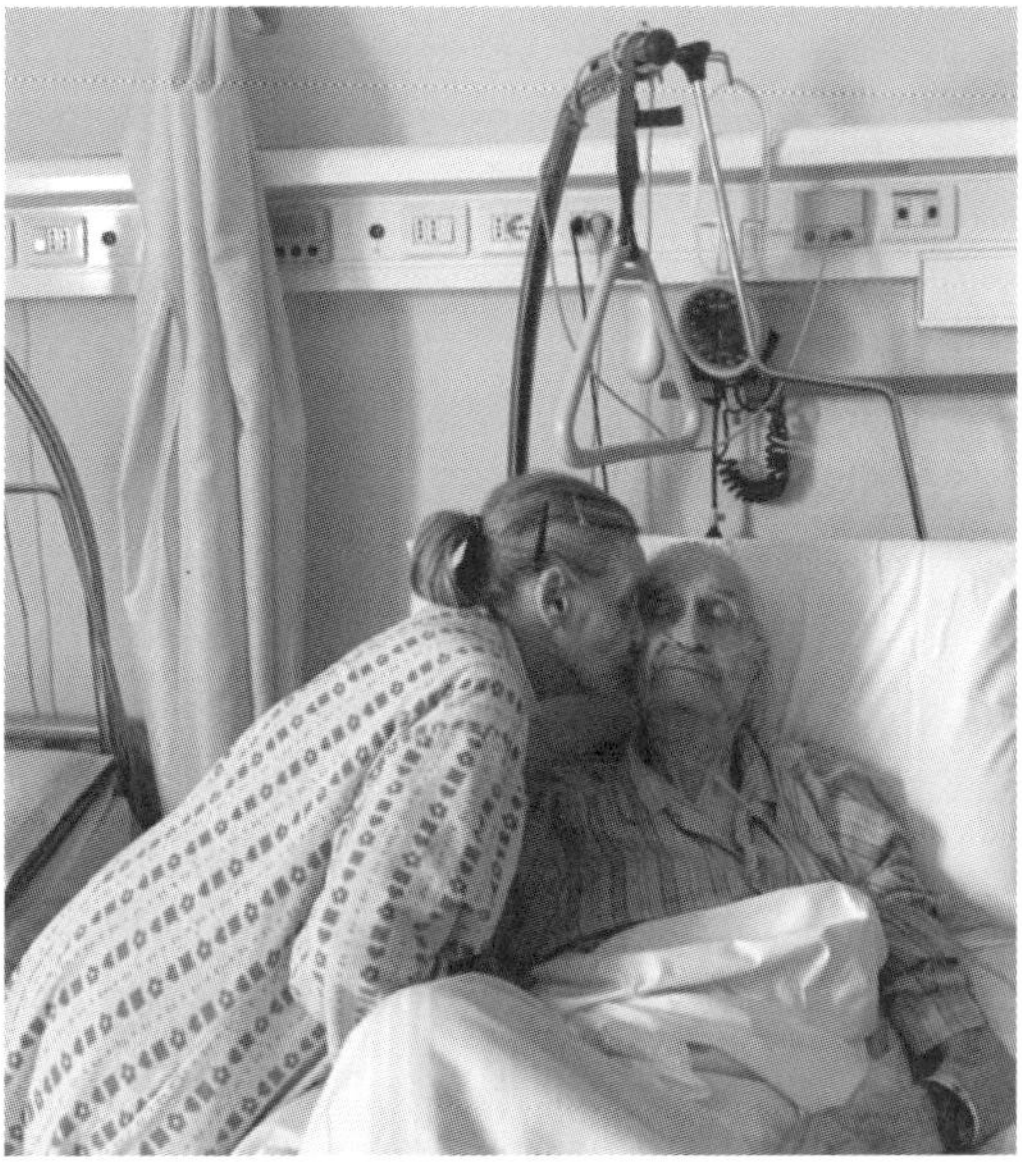

8週間の闘病を乗り切り、そろって退院が決まったエンマ(左)とアドリアーノ。地方紙リベルタの紙面から。

人のつながりという希望

それを物語るニュースを紹介したい。ここエミリア・ロマーニャ州の山あいの町で、79歳と86歳の夫婦がそろって元気に退院した。結婚60年のエンマとアドリアーノ。高熱と呼吸困難を起こして救急車で運ばれ、ほぼ2カ月、同じ病室でお互いに励まし合って闘病を続け、ついに回復した。

人とのつながりを今まで以上に大切にしたい。そこにはっきりと可能性と希望が見える。この状況が一段落した後、友人や同級生に会うのが今から待ち遠しい。

(4月20日)

なかむらひであき
元毎日新聞記者。2018年からイタリアで暮らし、ボローニャ大学で哲学を学ぶ。『婦人之友』に「人と地球の経済学」(2016年)を連載。

山中伸弥

Yamanaka Shinya

「賢い行動を、粘り強く」

これまでにない難敵

世界中で猛威を振るう新型コロナウイルスに関して、日本でも4月7日に緊急事態宣言が発令されました。

今世紀に入り、SARSや新型インフルエンザといった感染を経験してきましたが、新型コロナウイルスは無症状の感染者も多い反面、一部の方では重篤な肺炎を引き起こすことから、これまでにない難敵です。

感染拡大を防止するには、国民全員が新型コロナウイルスについて正しい知識を持ち、自ら進んで賢い行動をすることが重要です。それは、ウイルスから自分の身を守るというだけでなく、それ以上に周囲の人や社会を守る行動になります。

人を介してのみ感染、だから私たちの行動が鍵

新型コロナウイルスは人を介してしか感染することはありません。つまり、私たちが一致団結した行動を取れば、ウイルスはやがて力を失っていきます。

そのためには、人と人の間に2メートル程度の間隔を空け、物の共有をできるだけ避ける、といった基本的なことを守ることが必要です。

皆さんが新型コロナウイルスを理解し、正しい判断をする一助になればと思い、『山中伸弥による新型コロナウイルス情報発信』（https://covid19-yamanaka.com/）というサイトを始めました。

科学者としての観点から様々な情報や提言を発信しています。

より良い社会をつくるチャンスに

私たちは、現在（4月17日時点）、外出自粛要請等により不便な生活を送っています。

しかし、ピンチはチャンスです。これまでできなかったことを実現するいい機会です。例えば、リモートワークを採用した働き方、オンラインでの授業、会議、そして診療、さらには医療機関での患者情報の共有など、この経験はより良い社会を構築するチャンスだと思います。

医療、物流、公共交通などで働く人を支えよう

私たちは普段、社会に守られています。仕事ができたり学校に通えたり、いろんなことを楽しんだりできるのは、社会のおかげです。医療、物流、公共交通、インフラなど、社会を支えてくださっている多くの方々のおかげです。

今、その社会がＳＯＳを発しています。社会を支える方々が感染のリスクに晒されています。私たちがなるべく家から出ないなどの行動で、社会に、社会を支える方々に、恩返しをする時です。

1年はがまん？短ければうれしい誤算

新型コロナウイルスとの戦いがどれくらい続くのか、そして被害がどれくらい広がるのか、専門家の間でも意見が分かれています。

私は有効なワクチンや治療が開発されるまで少なくとも1年間は、ある程度のがまんが必要だろうと覚悟しています。それより早く収束すれば、うれしい誤算です。みんなで賢い行動を

粘り強く続け、自分を、周囲の大切な人を、そして社会を守りましょう。

（4月17日）

追記

日本では、新型コロナウイルス感染拡大の第1波が落ち着きを見せた5月下旬に緊急事態宣言が解除されました。しかし、7月に入り再び感染拡大の様相を呈しています。

感染症対策に貢献するために、京都大学iPS細胞研究所では、新型コロナウイルスの研究を実施しています。

複数の研究機関や病院と協力し、感染した方で無症状、軽症、重症の患者さんの体の細胞からiPS細胞を作り、さらに肺や心臓の細胞へと分化させます。このiPS細胞由来の細胞を使い、感染症のメカニズムや症状に違いが見られる機構について、分子生物学的に解明することや、ワクチンの研究開発を目指しています。また、大阪府や京都市と連携し、遺伝子や抗体の検査システムの拡充や疫学調査に協力しています。

治療法やワクチンが開発され、多くの人に届けられるまでには時間がかかります。それまでは引き続き、マスクの着用、手指の消毒、身体的な距離をとるなどの生活様式を取り入れ、私たち一人一人が粘り強く自分ができる貢献を続けることが大切です。

（7月31日）

やまなかしんや
京都大学iPS細胞研究所所長。医学博士。2012年ノーベル生理学・医学賞受賞。政府の新型コロナウイルス対策効果分析アドバイザリー・ボードのメンバー。

「アサーティブに不安を乗りきる」

海原純子
Umihara Junko

（写真／筆者）

新型コロナウイルス感染拡大で不安でたまらない、どうすればいいですか、ときかれることがしばしばです。でもちょっと待って下さい。不安って不要な感情でしょうか。

不安がなかったら危機を乗りきることはできないのは明らかです。感染がこわくて不安だからこそ、手洗いをしたり、人ごみを避けたりするわけですよね。つまり不安とは、「必要な対策を考え対処する」ために起きる感情です。

「コロナが不安」↓「だから対策を立てよう」↓「そして実行しよう」の3ステップをなさって下さい。それが完了したら、もう不安は不要です。先行きが不安という方がいます。でも未来は、コロナ感染拡大以前も未知数だったはずです。明日、地震が起きるかもしれないという状況があったにせよ、対策をできるだけ立てたなら、あなたは「地震があるかもしれないから先行き不安」だとびくびくしてはいなかったはずです。

先のことは誰にもわからないのです。不安にあおられて行動するのは、他者にふり回されること。マスクやティッシュペーパーが店頭から消える騒ぎはそうして起きるのです。不安をあおりたてる不要な情報は見ない。聞かない。正確な情報を選ぶよう努める。これがアサーティブな不安の乗りきり方です。

不安という感情をいいものにするか、悪いものにするかは、自分で選択できることだと思います。コロナなどこわくない、とわざと人ごみに出かけるような人もいます。それは「楽観バイアス」、不安を否定して自分をなだめているだけです。不安を認め、活用したら、手放しましょう。いつまでも不安に執着せず、今、この時を最大限に幸せにすごすことに心を向けてはいかがでしょう。外に出かける機会が減ったなら、家の中で楽しめ、充実できることに目を向けてみることをおすすめします。

　何よりこんな時にできる最高のことは、自分の感情をしっかり見つめ、必要な対処をし、手放す、というプロセスを学ぶことです。コロナだけでなく、人生の雨降りの日をどう生きるかにこそ、アサーティブが生かされるのですから。

（3月11日）

＊アサーティブとは相手も自分もOKというスタンス。

「今、できること」に心を向けて

　感染対策の自粛で、旅行や外出が思うようにできない、学校も図書館もいつも通りに通えないなど、「できない」「不自由」という不満や、雇用や経済の先が見えない不安で気持が落ちこんでいる方がとても多いと思います。

　自分の状況に不安をおぼえたり生活に不満があったりすると、人は、他人が羨ましくなり、誰かを責めたくなるものです。ですから、もし、あなたが、そんな思いに陥っているなら、心を深呼吸させて下さい。新型コロナで悩まされているうえに、さらに気持をモヤモヤさせるのでは、身体も心も疲れきってしまうもの。コロナ対策の手洗いなどをすませたら、ご自分の心をすっきりと洗うことに専念してはどうでしょう。

　この数カ月、私たちの行動はかなり制限されましたが、この自粛がなかったらできなかったこと、しなかったことはないでしょうか？

知り合いに3人の男の子をもつ女性がいます。上から中1、小4、小2、と元気な男の子たちが休校で大変。でも、近くに住む親せきの家の庭にたくさんなった夏みかんを収獲したり、野菜を育てたりして、土と親しむことを覚えたそうです。学校や塾があったら、多分しなかったことから新しい発見があったということでした。

私自身は、産業医としての面談をオンラインでと提唱してみると、これまではそうしたことに抵抗があった方たちもやってみる気になり、予想外に好評でした。

「この方法でなければできない」と思いこむのではなく、「今の状況でできることは何か」と心の向きを変えると、創造性が高まり、ポジティブになります。

この1カ月、仕事だけでなく家事や生活リズムもコロナバージョンに変わりました。オンラインの会議や交流、勉強ツールと共に、家の近くで思いがけず見つけた小さな池やおたまじゃくし、木陰で私を発見してびっくりして逃げた小さな蛇も、こんな状況だからこその出会いかもしれません。

（5月11日）

「ポジティビティ比」でコロナを生きる

新型ウイルス感染拡大の報道が続く毎日、仕事や家族、経済、健康など様々な心配が尽きません。「ちょっと楽しいことがあっても、心にひっかかるものがあって手放しで楽しめない」という声をきくことが増えました。

確かに私たちは、何か心配事があると、楽しいことがあっても十分に楽しめず、心配の方に心が向いてしまいます。でも、手放しで、心に一点の曇りなく楽しい状態を求める必要はないのではないでしょうか。

ポジティブサイコロジーという心理学の分野があります。他の多くの心理学分野とは異なり、「人生で最悪のことを修正する」という方向でなく、「ウェルビーイング（幸福な状態）を増加させる」に焦点をあてる学問分野なのです。つまり、苦しみや悩みなどのマイナス部分を減らすのではなく、人生における良いことの強化に焦点をあて、心がうつの方向に向くのを阻止して幸福感を増加させようとするものです。

そのなかから、「ポジティビティ比」についてご紹介します。これは、ネガティブ感情1に対してポジティブ感情3の割合を保つと、心がネガティブのスパイラルに入るのを止められる、という理論です。3対1の割合はとても大切で、心の成長と沈滞をわける分岐点といわれています。

ただし注意は、無理にポジティブに、と感情にうそをつかないこと。いやなこと、うまくいかないことには、ゆううつでいい。でもそれで心を一杯にせずに、ポジティブな感情を増や

す、ということなのです。
ポジティブ感情とは、感謝、好奇心、創造性、尊敬、信頼、わくわく感、平安など様々。それらは育てることができます。例えば「興味」。コロナ問題で外出をひかえ、自分も家族もゆううつ。そんな時、何か興味をもったことについて、これまで試したことのなかったオンラインシステムで勉強する、などはポジティビティ比上昇に貢献します。
あなたならどのように3対1をキープしますか。みなさんの声をききたい気がします。

（7月10日）

＊連載「こころの深呼吸」より

うみはらじゅんこ
心療内科医、産業医。日本医科大学特任教授。著書に『今日一日がちいさな一生』、『こころの深呼吸』（小社刊）ほか多数。『婦人之友』に連載中。ジャズ歌手としても活動。

文・辻 信一 *Tsuji Shinichi*
写真・上野宗則 *Ueno Munenori*

（上）ドイツのライン川流域リューデスハイムにある聖ヒルデガルト教会で、薬草の描かれたステンドグラスを見る筆者。（右下）ヒルデガルト・フォン・ビンゲン（1098～1179）。中世ドイツのカトリック教会ベネディクト派の修道女。神学、文学、音楽、建築、絵画など多くの分野で才能を発揮、偉大な功績を残した。ヨーロッパにおける自然医療の祖としても知られる。（左下）ヒルデガルトが歩いた緑の小径。

ヒルデガルトを巡る旅
〝緑の力〟という希望1

ぼくは今これを新型コロナウイルス禍の中で、
同じ危機の中にいるあなたに向けて書いている。
でも、いやだからこそ、あえて希望から話を始めたいと思うのだ。

近年、世界のあちこちで、〝ヴィリディタス〟という言葉が囁《ささや》かれている。これは12世紀ドイツの修道女ヒルデガルト・フォン・ビンゲンが作った言葉で、「緑の力」と訳される。長い間歴史の闇に埋没していたヒルデガルトとその風変わりな言葉とともに、ぼくたちが忘れかけていた何か根源的なことが世界に蘇ろうとしているのかもしれない。そう感じるのはぼくばかりではない。そして、そこにぼくは希望を見るのだ。

植物の生きる力

ぼくは数年前、仲間たちと映像作品『ヒルデガルト　緑のよろこび』を制作した。その中で、ヒルデガルトから伝わる植物療法《フィトセラピー》を教え、実践する療法士ペーター・ゲルマンは、

「緑の力《ヴィリディタス》」をこう定義した。「生きている植物の、その生きる力」。そして「部分の寄せ集めではない命の全体に及ぶ聖なる力」のことだ、と。

もちろん、この「力」を科学的に定義することはできない。それは、ぼくたちがよく使う「生命力」という言葉も同じこと。「生命」も「力」も科学の枠の外だ。定義できないものを科学は相手にしない。ヒルデガルトが長く埋もれていた理由の一つも、そこにある。

ペーターによれば、従来の医学はまず「植物は生きものである」という事実を忘れてきた。例えば、一つの薬が一つの病気に効くと教える。目的に適うものだけをとり出して、あとは視野に入れない。しかし、薬草は実験室で作られるような単純な化合物ではなく、夥《おびただ》しい数の物質からなる複雑な生物だ。何がどう効くの

ペーターさんの植物園のハーブたち

か、わからない。わからなければ、科学とは言えないと批判される。それでも植物療法はあえて、植物をできるだけそのまま使おうとする。

生命に内在する聖なる力

では「緑の力」の「力」とは何だろう。もちろん、物理学でいう「力」ではない。「ちから」という日本語の原義は「霊（チ）因（カラ）」だそうで、それが霊力をも意味するところから転じて、多様な力へ、さらに体力、暴力といった物理的、身体的な力へと意味の重心が移ってきたらしい。

エコロジー思想家のサティシュ・クマールは英語で力を意味する二語、「パワー」と「フォース」を区別し、あるものに備わっている「内なる力」を意味する「パワー」に対して、「フォース」は外からもたらされる「外なる力」だとしている。

どうやら、ヴィリディタスは生命そのものに内在する内発的なパワー、「ちから」という日本語の根っこにある霊的な力、ペーターの言う「聖なる力」を意味すると言えそうだ。

丸ごと《ワンネス》としての「緑」

「緑の力」の「緑」はもちろん、直接には植物のことを指している。植物は地球上で最も進化した生きものではないか、とペーターは言う。あのダーウィンもそう思っていた節がある。何しろ植物は、動物に比べてはるかに長い歴史を誇り、餌を探して駆け回ることもなく、殺生もせずに生きられるのだから。

とはいえ、「緑」は個々の植物を指すのではない。いや、植物だけを指すのですらないだろう。動物も植物と同様、夥しい物質から成り立つ複雑な生命体であり、土、大気、陽光、虫、微生物など、無数の要素からなる環境から切り離されて、それ自体として存在することはない。食とは本来、全体食、つまり、動植物からただ必要な栄養やエネルギーを摂取するだけではなく、その生命力を丸ごと受け取ることを意味する。

こう考えれば、「緑の力」の「緑」が、分割不能の丸ごととしての森を、生態系を、さらには地球全体をさえ意味することが見えてくる。

ヒルデガルトはこう言ったと伝えられている。「神の定めのうちにある天地万象は、互いに問いかけ、応え合う」。そして、「万物がそれぞれの役目を果たせば、世界は花開き輝くだろう」と。

最も洗練されたシステム

今回のコロナ危機をその源までたどっていけば、人類による自然改造と、その結果としての生態系の衰弱というところに行き着く。要するに、科学技術や経済といった人類の力（フォース）が、自然に対して強すぎるのだ。人類はこの強大な力に未来を託してきたのだが、皮肉なことに、今やその同じ力が未来を脅かしている。

ぼくたちは安全で安心な世界を構築しようと、あらゆる分野に科学技術と資金を投入してきた。それでも、この世界で最も洗練されたセキュリティシステムが、健康な生命体の免疫システムであることにはいまだに変わりがない。共進化と呼ばれるプロセスを通じて、生命は、例えば、感染症に対する免疫を手に入れてき

アイビンゲンの聖ヒルデガルト修道院（左上）と、聖ヒルデガルト教会（右下）。

た。森に暮らす生きものたち個々の免疫システムは、森という生態系全体の免疫システムと足並みを揃えるようにして共進化してきたのだ。

森は生物多様性の代名詞だ。森を破壊することが、温暖化や種の絶滅をはじめとした環境問題を引き起こし、感染症を生み出し、同時に人間の免疫力を低下させているのだとすれば、ぼくたちがなすべきことは自ずと明らかだろう。森を守り、生態系の再生を助けること。その「緑の力」に、人間の健康はかかっているのだから。

ヒルデガルトのこんな言葉も伝えられている。「人間はその姿かたちの中に、天地、生きとし生けるもの、そして宇宙の万象を湛えている」。そう、森がぼくたち一人ひとりの中に生きているのだ。

（4月15日）

文と写真・辻信一
Tsuji Shinichi

筆者の家から歩いて10分の舞岡の森と里山で、今、毎日通っている。

「コロナ危機の向こうに
〝緑の力〟という希望2」

さあ、みんなで一つの森になろう
それぞれの強さを持ち寄り、違いを受け入れ砂漠に緑を取り戻そう……
――C・W・ニコル「森の祈り」

4月3日、C・W・ニコルが亡くなった。ぼくにとっては、〝緑の力〟という希望のために半生を捧げたヒーローだった。コロナ・パンデミックが続く今、彼の人生から一つのメッセージが浮かび上がる。

この危機もまた文明が引き起こしてきた地球の、人間社会の、そして私たちの心の砂漠化の結果である以上、それを本当に乗り越えるには、そこここに森を蘇らせるしかない。

「森」という魔法

ニコルと最後にゆっくり話したのは2年前。今思えば、入院と療養の日々を経た彼が、覚悟を決めて人生の最終ステージへと歩み出した時期だった。自然環境の荒廃に歯止めがかからない日本の、そして世界の現状に対する彼の危機感は高まっていた。その一方に、長い年月をかけて取り組んできた森の再生事業から生まれる新しい可能性に、心躍らせている彼がいた。

荒れ果てた山林を買い取り、生態系豊かな里山の森を再生しようと決意して30余年。生まれ故郷ウェールズの森にちなんで名づけた「アファンの森」には、多くの生きものが舞い戻り、希少生物も見出されるようになった。

近年、ニコルに会う度に、彼は森の中の教育について熱く語った。「森の再生」が単に自然界だけでなく、「人の再生」をも意味することを彼は確信していた。アファンの森に、フィールドワークの学生たち、児童養護施設の子どもたち、障害のある子どもたち、さらに東日本大震災や原発事故によって被災した子どもたちがやってくるようになっていた。

豊かな森には、人間の五感すべてに働きかけ、生命力を育むパワーがある。そう語る彼は、よく子どもの頃の自分を引き合いに出した。心身ともに虚弱だった彼は、5歳の夏、母と住んでいた英国の街を離れて、故郷ウェールズの祖父母の元に預けられた。「強くなりたいなら森へ行きなさい」と言ってくれたのは祖母だった。彼女は、原生の森を聖地として、癒しの場として敬うケルト文化の伝統を受け継ぐ、〝魔女〟のような人だった、とニコルは言っていた。そして実際、森は魔法のように彼に生きる強さを与えた。

二つの世界をつなぐ「魔女」

「魔女」という言葉を愛用する人が今、世界中で急増しているようだ。ぼくたちのＤＶＤブック『ヒルデガルト　緑のよろこび』にも登場するドイツのセラピストで、ヒルデガルト療法の継承者を自任するクセニア・フィッツナーは、自らを〝魔女〟と呼んではばからない。彼女によれば、魔女の語源は「塀の上に坐る」を意味する「ハガスサ」という古語だ。つまり、魔女とはもともと「二つの世界を隔てる境界に位置する者」のことらしい。

その「二つの世界」とは、「知られている世界」と「知られざる世界」、光と闇、文明と野生、村里と森……。魔女とは、その境目に生きながら、二つの世界を行き来し、つなぐ人々のこと。彼女たち（あるいは彼ら）は夜、森へと向かい、植物とともに霊的エネルギーを集めては、薬としてもち帰った。

「今日、ますます重要になっているのは、文明化し過ぎた世界に住んでいる人々が野生を取り戻すこと……命の循環を祝福し、自然と調和した暮らしを取り戻す」こと。その手助けをするのが、現代の魔女としての自分の役割だ、とクセニアは言うのだった。

同じ映像に登場するベルギー人の思想家ベルナルド・リエターは、「時代が少し前後にずれていたら」、ヒルデガルトも魔女として迫害を受けていたのではないか、と推測する。

一見、魔女狩りの時代は遠に過ぎ去り、魔女たちは姿を消したように見える。だが本当にそうだろうか。文明から自然を、人間から森を引き離す暴力的な企みは、形を変えて今も続いて

C.W.ニコルさん
作家、環境保護活動家。
1940年、英国ウェールズ生まれ。カナダやエチオピアで海洋哺乳類や野生動物の保護に取り組み、62年に初来日。80年から長野県黒姫に暮らし、荒れ果てた里山を「アファンの森」と名づけて再生しながら、森づくりの必要性を伝えた。
https://afan.or.jp
写真は2018年のアースデイで。

いるのではないか。そしてその「分離の物語」は、いよいよ今、その最終章を迎えているのではないのか。ぼくにはそう思えてならない。

毎週新しい100万都市が生まれるほど人口の都市集中は加速し続け、農地や宅地の拡大で、野鳥の主な棲息地である湿地はすでに半減し、〝森をハンバーガーに変える〟森林破壊で、アマゾンも10年後にはその半分が砂漠化するという。

コロナ危機とは、こうした暴力的な〝自然狩り〟が引き起こした様々な危機の一つにすぎないのではないか。

地球の「免疫不全」

晩年、ニコルはよく「自然欠乏症候群」について語った。豊かな自然と健康との切っても切れない関係に、ぼくたちの注意を喚起しようとしていたのだ。

人類が引き起こしてきた急激な自然破壊は、生態系全体の免疫システムを狂わせ、その中で共進化してきたはずの個々の生物の免疫システムをも損なわずにはおかない。まるで感染症のように現代人に広がっている病の多くが、このことと関係していると考える研究者が増え、それに伴って、健全な自然が人間の健康に与える驚くべき免疫効果についての科学論文も急増している。

例えば、日本医科大学の研究によれば、森の中で過ごすことで、ナチュラルキラー細胞の数が増え、その抗ウイルス機能が拡張され、免疫力が促進される。また森に入る機会が多いほど細胞内抗ガンたんぱく質の量が増加し、その効果は一週間も持続するという。自然との近さが、より長く、心身ともに健康な人生と密接に関連していることについても多くの報告がある。

しかし、それも当然のことなのかもしれない。そもそも森は、空気・水・土・生物多様性・種子・エネルギーといった要素を司る人間の生存の基盤なのだから。

免疫という言葉を、個々人の身体的機能に限定するのではなく、人間社会、生態系という〝社会〟の全体に関わる事柄と捉えよう。そうすれば、コロナ禍があぶり出してくれたのは、この地球社会の免疫不全という非常事態だったことがわかる。

イタリア人作家パオロ・ジョルダーノは『コロナの時代の僕ら』で言った。

「僕たちは今、地球規模の病気にかかっている最中であり、パンデミックが僕らの文明をレントゲンにかけているところだ」と。そこから浮かび上がりつつある数々の真実を記憶に留めたい、と彼は考える。コロナ前ならば、「そのあまりの素朴さに僕らも苦笑していた」であろう「壮大な問いの数々を今、あえてする」のだ、と。

深く根を張る一本の木に

自分が死んだ後も、アファンの森は生き続ける。「そう思って死んでゆきたい」とニコルは言った。彼は〝緑の力〟に賭けたのである。

「一本の木になりたい　暗闇の中に広く、深く根を張り、しっかりと土を抱えて」（「森の祈り」https://www.youtube.com/watch?v=skSDyxtCKQA）

彼の遺言とも言うべきこの詩にあるとおり、ニコルは今、正真正銘の木となって、森に生きているに違いない。

（5月19日）

つじしんいち
文化人類学者。環境活動家。明治学院大学教授。ナマケモノ倶楽部世話人。著書に『スロー・イズ・ビューティフル』ほか多数。『婦人之友』に「ゆっくり小学校」を連載（２０１４年）。

木村泰子
Kimura Yasuko

「いま、新学期を迎えた君たちへ 危機を乗り越え〝あなた自身の新たな学び〟を」

中高生のみなさん、大丈夫ですか。それぞれの家の中に居場所は見つけていますか。安心して過ごしているでしょうか。ある日突然、学校が何日も休校になるなんて、これまで誰が想像したでしょうか。今回の措置はまさに想定外のことでしたね。

みなさんはこの現実をどのように受け止めていますか。学校に行かなくていいとほっとしている人や、友だちと会えないことにさみしさを感じている人や、学習の進度が遅れることを気にしている人などそれぞれだと思いますが、学習が遅れることについては一切焦る必要はありません。この機会に自分を高めてください。学校で学ぶ意義を問い直しませんか。休校の今だからこそ学校で学ぶ目的は何かについて、自分の考えを持ってほしいのです。

日本の国はオリンピックより人の命が大事であることを再認識したでしょう。同様に経済の悪化を防ぐことと人の命を救うことの重みを混同しないでほしいなど、危機の中で物事の本質が見事に露出し、みなさんの、大人への不信感が高まっているのではないでしょうか。大人の行動を見ながら、自分の考えを持ってください。「文句」や「批判」は危機を乗り越える力にはなりません。どのような事態が生じても人のせいにしている間は、危機を乗り越える力にはなりません。

これまでの学校教育の中では指示をどれだけ守れるか、教えられることをどれだけインプットしてペーパーにアウトプットするかなどの力を、学力としてきたのではないでしょうか。想定内に役に立つ力だけでは人の命は守れないことを思い知らされている日本社会です。想定外を乗り切る力は日常でしかつけられないのです。「世の中いつ何が起こるかわからない」が当たり前になっていたら、今をどう乗り越えようかと考え行動することが当たり前の日常になります。今、この事態をどう乗り越えるかは、自分の行動にかかっているのです。受け身ではなく、想定外を想定内として対応できるような、新たな学びを見つけてください。今は国際社会の危機です。

この危機を乗り越えるには、「自分の命は自分が守る」「となりの人の命を大切にする」行動をとることです。休校措置が終わり学校が再開したときには、これまでの学びに戻るのではなく、危機を乗り越えたからこその「あなた自身の新たな学び」にチャレンジしてくれることを、願ってやみません。

（4月15日）

きむらやすこ
大阪市立大空小学校初代校長。大空小学校の様子は、本や映画『みんなの学校』で紹介され注目される。45年間の教員生活を終え、現在は全国で講演活動を行う。

湯浅 誠

Yuasa Makoto

「いま、新学期を迎えた君たちへ コロナより怖い〝思考停止〟にならないために」

新型コロナウイルスの猛威が世界中を覆っています。みなさんも学校が休校になったり、友だちと遊べなかったり、「なんだか大変なことが起こっている」と感じていることと思います。今日は、私がこういうときにいつも気をつけていることをご紹介します。

それは「疑問をもって、自分の中にキープしておくこと」です。たとえば、学校休校についても、私自身は疑問をもっています。3月から全国の学校が休校になって、4月頭に一時期再開の動きがありましたが、今はまた休校になる学校が多くなっています（4月19日現在）。都市部を中心に感染者が拡大する傾向にあり、人との接触を8割減らす必要があるという専門家の見解があるため、学校も「人が集まる場所」である以上、開かないほうがいい、という判断です。

他方、4月1日の政府の専門家会議の報告書にはこう書いてありました。「現時点の知見では、子どもは地域において感染拡大の役割をほとんど果たしてはいないと考えられている。したがって、学校については、地域や生活圏ごとのまん延の状況を踏まえていくことが重要である」。学校で集団感染（クラスター）が発生したという話は、まだ聞きません。

感染するリスクをゼロにしようと思えば、誰とも接触しないように暮らすのが一番です。家族も含めて。でも、家族とも会話するなとは誰も言いませんよね。リスクがあっても、それを上回る生活の必要性があるからです。同様に、保育園もやっています。保育園だって感染リスクがありますが、医療関係者など仕事を休めない人の子どもは誰かが預からないといけないからです。つまり、感染リスクと必要性のバランスを見て、家族は◯、保育園は△、学校は×などと決めているわけです。学校って、そんなに必要性が低いんでしたっけ？

　だからといって、私は「学校を再開すべきだ」と主張したいわけではありません。そこは早合点しないでください。わからないんです。私の中には、学校の必要性は高いけど「今」は休校もやむをえないという意見も、現に休校しちゃってるんだから、その中で子どもたちの学習をいかに保証するかを考えることにエネルギーを使うべきだという意見もあります。適切な自粛なのか、行きすぎた萎縮なのか、自分の中にも相反する意見が並存していて、わかりません。

　それでも、だから、キープしておきます。考えたってわからないとあきらめることを「思考停止」と言います。あえて言えば、私にとって「思考停止はコロナより怖いもの」です。だから疑問は消さない。わからないからこそ、自分の中にキープしておく。それには頑丈な心と頭が要ります。今は、9年前の東日本大震災時の原発事故以来、大人も子どもも、すべての人たちが心と頭を鍛えるとき、ふだん鍛えてきた心と頭が試されるときだと思っています。

　今は、動かないので身体がなまりがちです。でも、頭までなまらせてはいけないと思って、気をつけています。

（4月19日）

ゆあさまこと
社会活動家・東京大学特任教授。貧困問題、地域の活性化などをテーマに活動。NPO法人全国こども食堂支援センター・むすびえ理事長。著書は『反貧困』など多数。

対談

〃弱さ〃に向き合う ちからを

コロナ禍という共同の体験の先に、私たちが目ざしたい社会は――。

根拠という
杭が立てられてない
ところで
共感が生まれると、
人を傷つける
きっかけとなる。

日本文学研究者
ロバート キャンベル
Robert Campbell

×

Wakamatsu Eisuke
若松英輔
批評家・随筆家

弱い人たちと
歩くことでしか
見えてこないものがある。
それが私たちの
次へのステップに。

自宅待機の間は、
成果を気にせずに、ふだん
できないことをしよう、
と伝えました。

キャンベル　若松さん、初めまして。今日のシャツ（P49）、素敵ですね。メガネの模様は、ご自分でデザインを？

若松　いえ、僕は服は同じ店で親しい店員さんに選んでもらうんです。年2回、予算を伝えて（笑）。

キャンベル　とてもいい買い方ですね。僕は見て歩くのが好きなのですが、日本の店は、お客とできるだけ距離を縮めようとしますね。服は嗜好的なもの、一人佇んだり、離れてまた戻ったりしたいけれど、ソーシャルディスタンスが保てない（笑）。そこで、大きなヘッドフォンをつけて、音楽を聴く体で距離を保っています。

この3月来、私たちは「ディスタンス」を、かなり意識するようになりましたね。マスクは100年前のスペイン風邪の流行で、世界で使われるようになり、日本では淘汰されずに残った。それも一つのディスタンス。自分の精神や魂をどこかで保護するものとしてあるように思います。

若松　なるほど、面白い捉え方ですね。

キャンベル　私は今、国文学研究資料館（以下・国文研）という大学共同利用機関の長をしているので、緊急事態宣言が出される1カ月ほど前から、いろんなシミュレーションをしていました。国文研には図書館やギャラリーもあり、国の重要文化財を含む古典籍を中心にたくさんの物が置かれています。幅広い分野のデータを集積し、全世界に提供し、また情報を得るという循環性の高い事業で、完全にオープンです。来館者も教職員も大学院生などもいるので、どうやって守り合うかとずっと話していました。

3月に陽性の疑いのある職員が出て、すぐに周囲で働く人々に自宅待機してもらい、勤務区域を徹底消毒。緊急事態宣言が出ると8割が在宅勤務をすると決めました。もう一つ決めたのは、非正規雇用や、アルバイトやパートで働いて下さる方々のがんばりに頼っているところが大きいので、一人も切ることなく給料を保証すること。書物を実際に扱う作業は、電

ロバート キャンベル

ニューヨーク市生まれ。国文学研究資料館館長。専門は近世・近代日本文学。1985年に、九州大学文学部研究生として来日。東京大学大学院教授などを歴任し、2017年から現職。著書『東京百年物語』『江戸の声』など多数。

子媒体を通してはできません。自宅待機の間、その人たちが家でできる仕事は必ずしもないのですが、みんなで話し合って、切らずに何とかやっていこうと。

若松　それはすごいなあ。

キャンベル　強い不安の声があったので、安心していただきたくて、まず館内向けに動画を作り、全員宛に一斉発信しました。家族のことなど、それぞれ違う状況を抱えているわけですし、距離も地域差もあるので、これからしばらくは会えないな、と感じて。

そして成果《パフォーマンス》をあまり気にせずに、ふだんできないことをしよう、と伝えたんですね。仕事と直結しなくてもいいから、何か経験するとか感じるとか、新たなことを学ぶとか。どこかでそれが仕事に結びつく可能性も高いからと。

若松　その段階で、そんなことができた組織があったとは、すばらしいですね。

キャンベル　後追いで、特措法に基づき給料が払えると分かり、運営責任者として大変安心しました（笑）。突然、柄にもなく、職場が愛おしくなって、年度末でしたし毎日のように通っていたら、副館長に「あんまりこないで」と。どこか、沈みゆく船の甲板に立つ艦長のような悲壮感を持っていたらしい。

時間や音の感覚器官へのディスタンスとつき合い方を、新たに発見した気がしました。

キャンベル　私自身は、通ってい

たジムが閉まったので、毎日夕方2時間ほど散歩をしています。杉並区にある家から20分ほどのところに和田堀公園があり、善福寺川に沿って深い緑の中を歩ける。それを続けていたら、日本文学に現れる優雅で繊細なsecondary nature（二次元的自然）ではない、現実の自然に驚きました。

　そこには池があり、中に島がありますが、橋がないのでバードサンクチュアリのようになっている。夕方行くと、年配の男性たちが10人ほど、三脚に大きなカメラを据えて、まるでアオサギやニイサギのように島に向かって構えているんですね。江戸時代のお化けの本には必ずニイサギやアオサギが描かれている。半日ぐらいじっと動かずに、水面を見てエサを狙うのですが、そういうおじさんたちが（笑）。

　ふだん僕は知らない人に話しかけたりしませんが、マスクをして帽子もかぶっているので、「何が見られますか？」と。お互いに距離を空けて、孤独に釣りをしている人たちにも声をかけると、みんな堰を切ったように話し出す。あの辺は渡り鳥のキビタキの中継地点で、ちょうど抱卵の季節で。若松さんは、キビタキの鳴き声って知っていますか？

若松　いやあ、はっきりとは……。

キャンベル　ウキキッ、ウキキッ、ウキキッって、とても心が軽くなるような鳴き声なんです（笑）。

　それを聞くと男たちが一斉にザワザワッとして、それを撮ろうとする。「どういう鳥ですか」とか

わかまつえいすけ

新潟県生まれ。東京工業大学リベラルアーツ研究教育院教授。詩人でもある。著書『小林秀雄　美しい花』『イエス伝』『悲しみの秘義』、近著に詩集『愛について』など多数。2018年から『婦人之友・書評欄』に執筆中。

聞いていると、ジョギングをしている人や子どもがのぞきこんだり。primary（一次元的）な、その時その場所に足を運んで初めて体感できるような自然でした。軽く汗ばんで帰り、お風呂に入って7時ごろには夕食を。

ふだんは大きなヘッドフォンをつけて、人を寄せつけないように注意深く買い物をしている自分が逆に、集中しているカメラマンたちにジャブを入れる。時間や音の感覚器官へのディスタンスと、そのつき合い方を、新たに発見したような気がしました。

家が壊れたら、建て直せばいい。でも何が失われたかわからないと、それを取り戻すことは難しい。

さりげなく美しいキャンベルさんの料理。

若松　僕はキャンベルさんのツイッターをフォローしているんですよ。そのきっかけは、料理がとてもお上手で。それを見て、食べた気になっています（笑）。

キャンベル　ありがとうございます。

若松　キャンベルさんのお仕事を僕がずっと注目してきたのは、ある意味ではもう私たちの視界から消えてしまったものを、とてもよく見ておられるからです。今のお話もそうですが、質的に全然違うところを見ていらっしゃる。今回、僕が一番悔しかったのは季節が失われたことでした。

キャンベル　ああ……。

若松　もちろん命は大事、仕事も大事ですけれど、春という季節が奪われたことを、悔やまないのはどうなのか。それに気づけない私たちは、もう目に見えるものにしか気づかないのではないか、と思ったのです。

草木や花の変化などは目に見えますが、季節とはそれ以上のもの。人の気持ちが変わったり関係が変わったり、春が人を変えていくようなことを、私たちは今回、経験できなかった。たとえば家が壊れたら、建て直せばいい。でも何が失われたかわからないと、それを取り戻すことは、とても難しい。文化として、今、日本はそういうところにきていると思いました。

もう一つ、意外と言っては失礼ですが、キャンベルさんはリーダーとしても優秀でいらっしゃる（笑）。

キャンベル　いえいえ、そんなことは。

若松　僕は大学にいるのですが、残念ながら、働いている人と家族を案じてねぎらう言葉、守っていくというメッセージは聞かれませんでした。キャンベルさんは国の指示より前に、まず働く人と場を守ると伝えられた。弱い立場の人たちに、そこまでなさったのは、すごいことです。

危機はリーダーを生む。リーダーになるべきでならずにいた人が出てくるのが、危機の時代なのだと思います。アメリカもそうですが、国のリーダーがふさわしくないということも、この間はっきりしましたね。でも、逆転も起こり得るのだと考えながら、お話をうかがいました。

このコロナ禍の生活の中で、世界の人たちと、こんなに簡単につながれることがわかった。

キャンベル　深い反省を込めて言いますが、僕は東大では学内行政から逃げ回っていました。大学をこれからどうしていくかについては、ほとんど傍観して。ところが国文研にきたら、若手の研究者たちが原動力になるような形で共同研究をしていて、その姿が非常に刺激的だったのです。

私たちの研究所は、一つの大学の中ではできないことを、拠点となって世界的にネットワークを作る。アーカイブを継承し、活用を考えることが重要なミッションで、ギルドのようなものです。

戦火を潜り抜けて残った、日本の1300年間の命や自然や人の心の大切な記録が、再び人災や天災によって失われないよう、戦争を経験した世代が1960年代末から運動を起こし、国文学研究資料館を作りました。最初は国立、今は法人ですが、世界でも珍しい取り組みです。

同じ建物の中に、国立極地研究所と統計数理研究所がある。渡り廊下がいろいろなところでつながって、交配が起きています(笑)。ほんの立ち話から始まって、藤原定家の『明月記』にある「この世の終わりかという、まがまがしい赤い炎」が、極地研の若い研究者とうちの研究者たちの共同研究で、低緯度オーロラだったと判明したり。他の分野と交わって、新たな価値を創り出す可能性が出てきていて、とても面白いと思っています。

若松 国文研は立川でしたね?

キャンベル 立川に移って12年になります。立川は米軍基地があり、どこか陰がありましたが、最近、スポーツも文化も地域がとても元気です。そこで社会連携をして、市民と一緒に「シチズンサイエンス」や「国文研カフェ」を。館長が1冊の古典を中に置いて、たとえばアスリートやクリエーター、発酵食品の専門家など、異分野の方をお招きして公開で語り合うなどしています。縫い目なく外と内側が混ざっているのは、いいなと思うんですね。

館長に就任したとき、JRの駅長さんや、地元の消防署などに挨拶に行くと、立川警察で署長さんに「国文学研究資料館は、私たちのような者も利用できるんですか? 実は時代小説が大好きな署員がたくさんいて。武術や武芸に関する勉強をしたい人たちもいるんだけど」と言われ、水をぶっかけられた気がしました。歩いて5分なのに、国立の機関は見えないでいる。それで、ディスタンスを自分たちで作っている。それで、みんなと一緒に風通しをよくしていこうと思っています。周囲のムーブメントがちょうど立川にあって、そこにいい具合に乗っかっている感じです。

若松 お話とても納得します。大学では市民教育講座などは盛んですが、大学が考えたことを与える形で、市民との交わりは希薄です。今のような話は起こりにくい。

東京工業大学のキャンパスで。

キャンベル　常に、発信しようとするんですね。

若松　もしかしたら受け止める側かもしれないのに、自分が正しいと思うやり方で発信し続ける。コロナ禍の生活の中で、学ぶということは一見難しかったのですけれど、キャンベルさんとこんな風にオンラインでお話ができるなど、可能性も広がりました。大学は、これから社会に出る人の予備校のようになっていますが、本当に学びたい人が集う場に、もしかしたら、少し変わっていくかもしれませんね。広く世界の人たちと、こんなに簡単につながれるということも、今回わかってしまいましたから（笑）。

「ステイホーム」と言ったって、家のない人がいるわけです。それを言うのは、どれほど苛酷か。

若松　キャンベルさんは、リーダーシップではないと謙遜されましたが、僕はこれからリーダーシップの在り方も変わっていくと思うんです。今までのように、自分の思う方に人を引っ張っていくのではなく、潜在的な可能性《ポテンシャリティ》を、より豊かに開花できる方向に。今まで人々が価値と思わなかったようなものに、価値を与えられる人がリーダーになっていくのだと。

キャンベル　若松さんは、文筆家、詩人として実感したり、経験をする中で、このコロナ禍を機に、何を変えざるを得ないとお考えですか？

若松　キャンベルさんの最初のお話で感銘深かったのは、立場の弱い人たちに安心を与えたこと。それは、ものすごく大きな価値ですね。一方、日本の政府は弱い人たちから順に手を放していったところに、大きな問題があった。自分も弱い者、助けられる側に立つという視点がない。

　できる人たちで、できることをやるというのが、今までの日本のやり方です。できない人たちも含めて新しいことをするというのは、考え方として、まったく違うと思うんですね。できない人たちを含むから、もちろんスピードは遅くなるし、もしかしたら範囲は狭くなるかもしれない。でも、よく考えてみると、見えなかったところが見えてくる。実は、そういう人たちは世の中にたくさんいますし、そういう人たちと共に生きていけるところに、新しい社会ができてくるのではないでしょうか。

　僕は今ずっと、弱さということを考えているのですが、弱い人たちと一緒に歩くことでしか見えてこないものがあると思うんですよ。走っていると見えない。弱い人たちと歩くことで、やっと見えてくるもの。そこに私たちの次のステップを照らす、かけがえのないものがあると、いろんなところで痛感します。「ステイホーム」と言ったって、家のない人がいるわけです。その人たちに、家にこもれと言うのは、どれほど苛酷なことか。みんな自分の身を守るために家にこもったわけですが、その人たちを支えようと動いた人もいました。

　今回の感染症で、家のない人たちを守るということが、実は私たちの健康にとっても大事だということがわかった。そういう今までは見えなかったつながりを、どう維持できるのかが問題です。日本

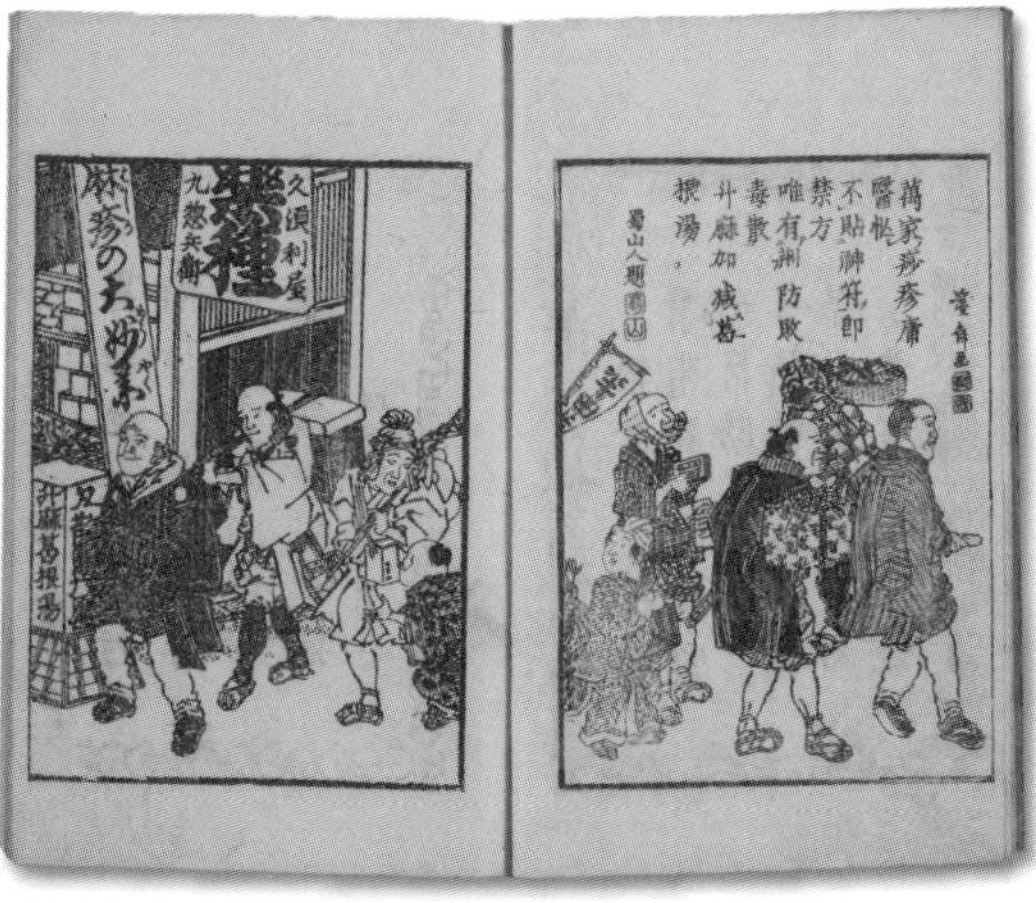

『麻疹瘡語《ましんせんご》』（国文学研究資料館所蔵）。国文研では「日本古典と感染症」の館長メッセージ動画をホームページで公開。江戸時代の古典籍から、助け合って疫病に立ち向かう庶民の姿を紹介している。

人はとても忘れやすい傾向があるので、私たちがこれを忘れることなく、新しい社会を作っていくにはどうしたらいいのかと考えています。

オンライン会議では、関係性がフラットになった。様式として、上下が作られない。

キャンベル　その人の属性や置かれた組織、または地域に降り立ったきっかけが、いつまでも固定して、発言をしたり力を発揮できない人たちが大勢いることが、日本では顕著だと思います。まずは性別。女性が組織の中で物事を動かしたり、予算の配分をしたり、つまり構築的な仕事に携わることへのハードルが高い。コロナの間、性別と関係なく職場から切り離されて、たとえば男女が一軒の家で同じ時空を共有しながら、それぞれの仕事をしていくときにも、最初にそれを感じました。

　私たちは、早くから会議をオンラインに切り替えました。館長室には12人がけぐらいの重厚な木製のテーブルがあり、ふだんは館長が入口から遠い誕生日席に座って、その両側に江戸城の大名や旗本たちのように、ずらりと職員が並ぶ。職位の高い人たちから、入口に近づくに従って若い衆が控えているわけです。人間の遠近法と言いますか、左右の副館長たちは大きく、手前に行くほど小さくなる（笑）。

若松　目に浮かびます。

キャンベル　耳に届く声の大きさも違うし、入口付近に控えている若い人たちの発言はあまり期待されません。実際に現場を動かしている人たちが、一言も発言せずに会議が終わるんですね。私から遠くに行くに従って、女性の割合が増えます。おそらく半世紀ぐらい前から、ここではそうしてきたのでしょう。

　ところが、オンライン会議では、関係性がフラットになった。パソコンの画面では、みんな同じ大きさのフレームを与えられて、話す時だけ黄色い枠が点《とも》るので、発言が重ならない。ふだんの会話はどんどん重ねながら団子状に進みますが、Zoomだと、一人一人がしゃべりきって、遠近法がない（笑）。真ん中がなく、上下もないんですね。様式として、ヒエラルキーが作られない。
僕も若い人たちに意見を聞きやすくなりました。最初はみんな手を挙げて発言しましたが、「飛び込むことを覚えましょう」と話して。だんだん「長」だけではなく、係員や補佐員が割って入るようになって。そういうポテンシャルを引き出すのに、オンライン会議は大きな力があった。以前は、女性が何かを言おうとすると、隣の男性がそれを翻訳するようなことがよくありましたが、それがほとんど起きない。定着させていきたいなと思っています。セクシュアリティのこともそうだし、いろんな素質を持っていても、ある観念のもとで、それを表現しないがために、自分の感性や気持ち、思いをぶつけられないでいる状況が、この社会にはまだかなりあると思います。

若松　かつては、どうしても変えられないと思われていたことが、今回の危機で簡単に変わっていったのは、とても興味深い現象でした。

キャンベル　僕は、コロナのおかげで仲よくなった統数研と極地研の所長に、「全く違う機構だけど、ウイルスはそんなことは知らないので、一緒にやっていかないといけないね」と言い出して、定期的にテレビ会議をしているんです。すると、いろいろなことがわかってきて。
今朝も電話をしていたのですが、極地研は秋に南極観測隊を送り出す。大事なのは、隊員にコロナの陽性者がいないこと。密閉された船の中にいますし、絶対に南極にウイルスを持ち込んではいけない。これは基地を持つ国や地域が、世界共同で対処すべき課題です。日本は50年代から優れた成果を出してきて、実は感染症も何度か問題になっているのに、それが継承されていない、と所長が言っていました。若松さんがおっしゃったように、感染症は自然災害と違いインフラが壊れるわけではないので、とても忘れやすいのですね。

自分はかからなくてよかった、を
もう一歩深めれば、
次の時代は変わっていく。

キャンベル　感染症が忘れやすいものであるのに加えて、かつての日本の社会には差別の構造がありましたね。あの家は感染症の家系だと、縁談や就職が妨げられたり。それは明治時代、特に結核が国民病となって以来の社会的・文化的な課題の一つだと僕は思います。徳富蘆花の『不如帰《ほととぎす》』は、夫が日清戦争に出征中に結核になった妻の浪子が、婚家から追い出されて悲しい末路を遂げる物語。そんな文学作品も多い。そんな風に、感染症が家の問題として抱え込まれ、可視化させないという力が従来からありました。今、コロナに関しても、何か因果応報的に「ああいう行動をしていたからかかった」というようなことが言われますね。そこも、みんなで考える点かと思います。

若松　ハンセン病をめぐる差別と、今回のコロナにおける差別はとても似ていた。水俣病は今公認されている患者は2300人ぐらいですが、少なくともその100倍はいたでしょう。名乗り出ることができなかったわけです。患者数を少なくすることによって事件そのものを小さくすることは、足尾銅山鉱毒事件以来ずっと続いています。

明治から150年余りの時が経っているのに、その構造はあまり変わっていません。その時その時に、もう一歩深めれば、次の時代は違ってきたはずです。私たちは、「自分はかからなくてよかった」ということではなく、今回起こったことは何だったのかを、考

猫の夕吉さんと自宅でくつろぐ。

えていかなくては。

今、しきりと「ポスト・コロナ」という話が出ますが、私たちはまだ真っただ中にいる。眼前にある問題を横において、先のことを考えていくと、何十年後かにまた同じことをするでしょう。明治から平成まで、残念ながら何度もそういうことをして、本当に苦しんでいる人の口を封じてきました。

でも文学はそこを掬《すく》い上げる。名もなき人、語らない人たちの声を掬うのが一つの仕事ですから、今後、文学はとても大事だと思います。水俣の石牟礼道子さんのように、優れた作家は言葉を託されて書く。今、マスメディアで見聞きするのは、発言者と語られたことが直接結びつく言説ですが、誰が語ったかわからないけれど本当のことを、どこまで守れるか。

詠み人知らずの歌を、これだけ愛しんできた国なのに、いつからか誰が書いたかが大事になって。私たちは「誰が」ではなく「何が」に、もう一度、関心を移していきたい。この人が言っているなら全て正しい、というのは危険です。そこに根拠《エビデンス》や作者性をつけてしまうことで、真実の方がぼやけてきてしまいます。

キャンベル　近年、同族主義《トライバリズム》というか分断で、対立を煽ることが増えましたね。それによって権力を集約していく政治的な力が、この3、4年の間に加速しているように思うんです。共感することはとても大事なことですが、エビデンスがない、つまり根拠という杭が立てられてないところで共感が生まれると、それは人を傷つけることになる。20世紀の戦争や紛争を見ていくと、その漠然とした共感、「そうよそうよ」「あるある」というものが、実は大変大きな原動力になっています。

ですから私たちは議論をするときに、依拠すべきことをどう認め合うか、から出発しないと。楽しくほっこりするだけではなく、時には簡単に答えを出さず、対立したまま別れることができる公共空間がほしい。

若松　本当に！　でも、その土壌が日本にあるのか……。

キャンベル　続きはぜひ膝を突き合わせて話しましょう。

（7月5日）

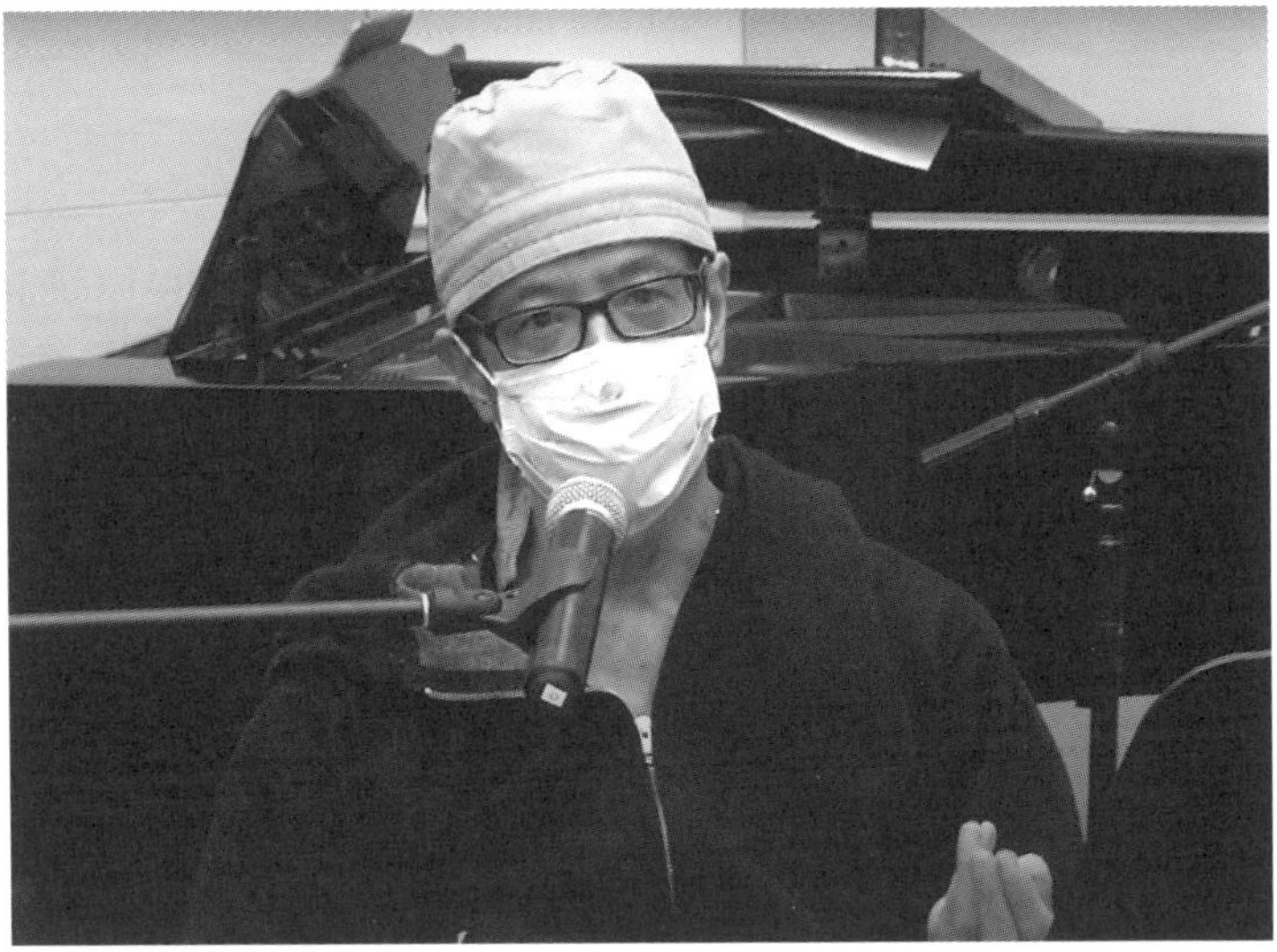

藍原寛子

Aihara Hiroko

「感染して知ったコロナの怖さ
加藤友朗さん（コロンビア大学医学部・外科医）に聞く」

加藤友朗さん　多臓器移植、小児、成人の肝臓移植、肝胆道外科分野の世界的第一人者。ニューヨークプレスビテリアン病院で臓器移植手術の最前線に立つ。

自らの感染を通し、「わかっていないことがたくさんある中で、治療に当たるのは大変なこと。未曾有の感染症との戦いは世界中でまだまだ続く」と語る医師の体験を伺いました。

今年1月中旬に厚労省が日本で最初の新型コロナウイルス感染症（COVID-19）の感染者を発表してから、約半年。この間、感染者数は1万8390例、死亡者は971人、入院治療等が必要な人は906人、退院・療養解除は1万6505人（6月28日現在）に上った。

感染は世界でまたたく間に広がり、178カ国・地域で累計感染者数は約1000万人、死亡者は50万人を超えた（6月29日現在）。国別の感染者数は米国の254万8千人をトップに、ブラジル134万4千人、ロシア63万3千人など。新規感染者数は5月初旬に下がりかけたものの、6月に入って再び増加している。

世界的な移植外科医が感染

私のもとに4月下旬、「米ニューヨーク、プレスビテリアン病院／コロンビア大学メディカルセンターの移植外科医、加藤友朗さんがコロナウイルスに感染し、重篤な状態に陥った」という情報が入った。

私が2005〜06年、米マイアミ大学に研究留学し、米国の臓器移植を学んだ際の受け入れ教官が、当時、同大学付属の子ども病院で子どもの肝・小腸移植プログラム外科部長を務めていた、加藤さんだった。

5月4日、プレスビテリアン病院は加藤さんが集中治療室から一般病棟に移ったと発表。治療に当たった同僚医師らとともに、加藤さんが「新しい世界」を歌う動画がSNSに投稿・公開された。深刻な状態から〝生還〟した医師を激励する歌声が響いた。

突然の筋肉痛が襲う

加藤さんが異変を感じたのは3月下旬。「今まで体験したことのない筋肉痛」に突然襲われた。外来の検査で陽性が判明。38・7度の熱が続いたが、自宅待機となった。病院には重症の患者が殺到しており、「症状が強くなければ自宅待機という病院の判断」（加藤さん）があった。

筋肉痛に襲われる少し前まで、加藤さんは普段通りに手術をしていた。感染経路は明らかではないが「当然、新型コロナウイルス感染症患者が増えていることは知っていたが、入院・外来患者に対して検査はやっていなかったし、医療者側の感染防護も十分ではなかった。おそらく院内感染だったのではないかと思う。本来なら、医師として最前線で患者の治療に当たらなければならない立場なのに、感染して逆に仲間に迷惑をかけてしまったことはとても情けなかったし、残念だった」。

人工呼吸器やエクモ装着

加藤さんは、パルスオキシメーター（血中酸素濃度測定器）で測った血中酸素飽和度（血液の中の酸素濃度）が、95を下回っていることが気にはなっていた。

そんな中、再び異変が起きた。感染判明から5日後、シャワー中に突然の呼吸困難に陥る。すぐ入院し、気管に管を入れる処置後に記憶が途絶えた。その間に、人工呼吸器、さらに重症呼吸不全患者に対して使う「エクモ」（ECMO、体外式腹膜型人工肺）の装着。腎不全に陥って人工透析も行い、エボラ出血熱の治療薬「レムデシベル」を投与。急性呼吸窮迫症（ＡＲＤＳ）の治療が行われた。

　味覚、嗅覚がなくなり、肺炎や呼吸困難症状、エクモの副作用と思われるくも膜下出血や喉の渇き……。３週間の意識喪失（治療のために、あえて患者の意識レベルを下げる処置を含む）から戻ったのちも、気管内挿管に伴うＰＴＳＤ（心的外傷後ストレス障害）に陥った。

　私は、過去に加藤さんがマイアミ大学の子ども病院で行った10代の女性患者（肝臓と心臓、肺の3つの臓器を同時に移植した）の手術で、エクモが稼働している様子を初めて見た。26時間にわたる大がかりな手術で、手術前から10人前後の医師や看護師らがエクモを準備していた。新型コロナの患者に対して、急に装着が必要になるその状態は、本当に深刻だと実感として理解できた。

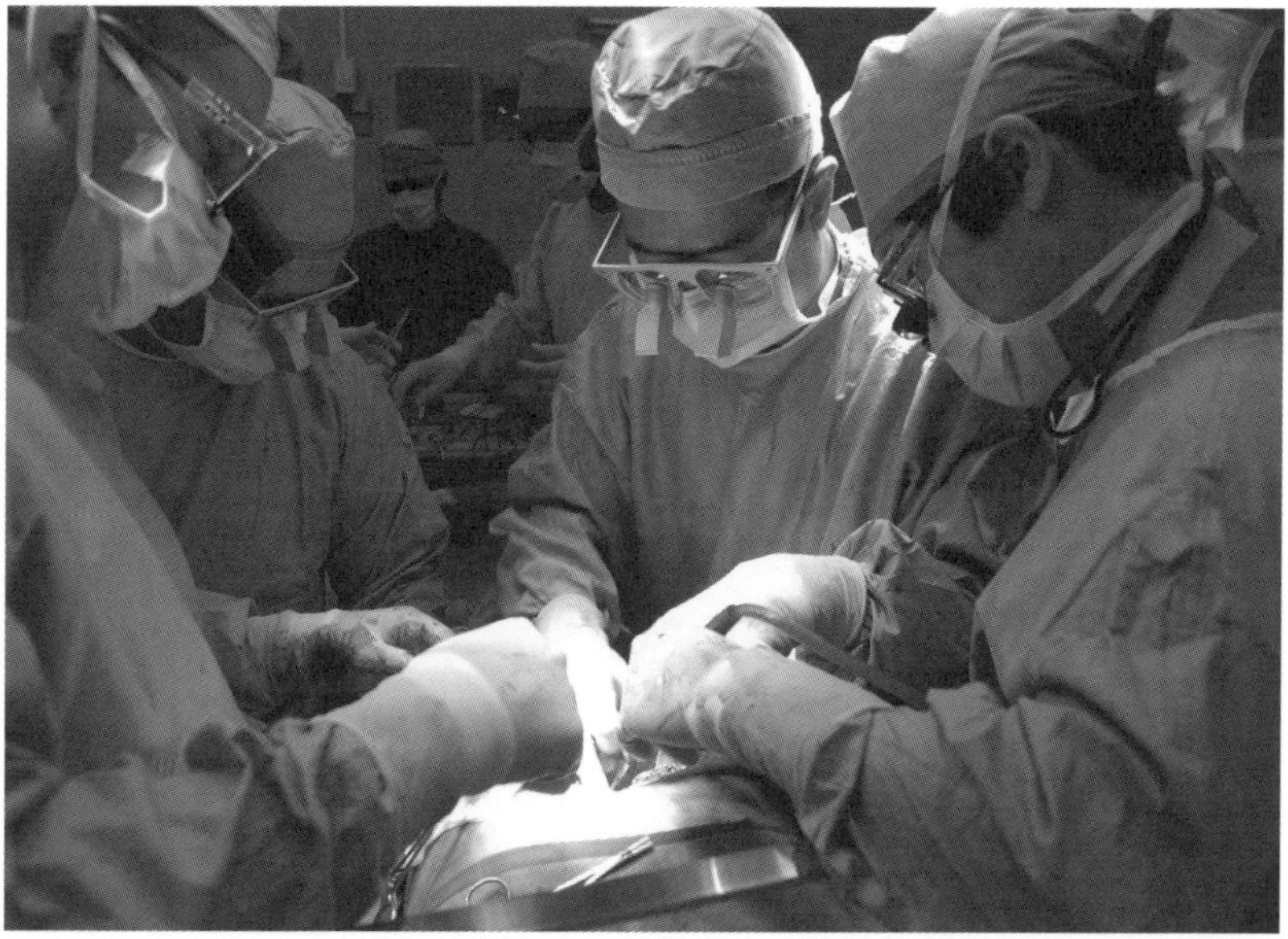

ベネズエラでの移植手術を行う加藤さん。テレビドラマのモデルにもなった。筆者撮影

今、加藤さんは、治療のために最善を尽くしてくれた病院スタッフたちに感謝する。

「私が生き延びることができたのは、みんなの助け、みんなの献身があったからこそ。心から感謝している。今までたくさんの重症患者の治療をしてきましたが、いざ自分自身がそうなってみるとまた違ったことが見えてきた。

人工呼吸や持続人工透析でほぼ1カ月完全に寝たきりだったので、筋肉が失われて、はじめはベッドの中で寝返りすらできない状態。話をしようとしても声が出ない。意識は結構はっきりしているのに、何か伝えたいことがあってもそれを伝えられないもどかしさというのは、こんなに辛いものなのだということを実感した」。

そして「新型コロナウイルスは我々が今まで経験したことのない未曾有の感染症。これから先ウイルスとの戦いは世界中でまだまだ続く。まだわかっていないことがたくさんある中で、未知のウイルスの治療に当たるのは大変なこと。一旦感染してしまえば重症化のリスクは医療従事者でも同じ。安全には十分に気をつけて治療に当たって欲しい」と、医療関係者への注意を呼び掛ける。

「ハッピー低酸素症」と「COVID-19〝後遺症〟」

連日、メディア報道は、感染者や死亡者の人数が中心になっているが、いまだ治療中の患者や、治療を終えた元患者が継続して困難さに直面していることは、なかなか伝わってこない。

加藤さんが指摘するのは、自らが体験した「ハッピー低酸素症」と、「COVID-19〝後遺症〟」だ。

「ハッピー低酸素症」というのは、いったいどのような症状なのか。「低酸素症で人工呼吸器に繋がれる直前まで普通に会話し、病院の先生とテキストメッセージを交わしていた。おそらくその時点ですでに低酸素血症になっていたはずなのですが、意外と症状はないんです。突然、悪い状態が来るのが本当に怖いところ」と指摘する。

「COVID-19〝後遺症〟」とは、「意識が戻っても、現実なのか、夢なのかわからない状態がしばらく続いた」こと、「腎不全」「くも膜下出血に伴う頭痛」「右肩を動かす筋肉の神経麻痺」など多岐にわたって続く症状だ。

加藤さんは日頃から、長時間の手術に備えて、ランニングを中心に心身のトレーニングを重ねていた。NYシティマラソンも完走するなど、人一倍体力をつけることに日々気をつけていた。

感染後はその後遺症と闘い、リハビリを続ける日々だ。

「頭痛は治り、腎不全も寛解（症状が落ち着いた）。右肩はまだ完全ではないものの、だいぶ良くなってきた。再び手術ができるところまで、ほぼ間違いなく回復できると思う。

僕のところには世界中から患者さんが来て、僕たちの施設でしかできない手術がある。でも今回突然、生死の境をさまようことになって思ったのは、その手術をもっと広く世界に広める努力をしなければいけないということ。僕が死んでしまったら、後継者がいなかったかもしれない。僕が今までやってきたことを後輩に伝えていかなければいけない。それが今の目標」と、コロナ後の人生を語る。

その上で、「僕の場合は幸いなことにほぼ完全復帰ができそうだが、新型コロナウイルス感

一般病棟に移った加藤さん。治療に当たった同僚医師らと感謝のコーラス。写真はYouTubeより。p.59も

染の後遺症は多岐にわたり、厳しい回復後の生活を強いられている方がたくさんおられる。

日本ではまだまだ感染経験者が少ないため、感染していたことを周りに話せずに孤立してしまう人もいると聞く。心のケアも含めた回復後のケアにも十分に目を向ける必要がある」と語った。

第2波、3波が各地で指摘される今、私たちへの重要な教訓と思う。

（6月29日）

あいはらひろこ
元福島民友新聞記者。東日本大震災直後に被災地にボランティアに入る。Japan Perspective Newsを設立、現地から内外に発信。『婦人之友』に「福島のいま」（2014年）を連載。

「この、感謝のとき」

最上敏樹
Mogami Toshiki

仲間たち

3月中旬、段階的に非常事態が宣言されるころから、バーゼルの街にも、沈黙を強いるような緊張感がみなぎり始めた。学校は休校になり、商店は薬局と食品店を除いて休業を求められ、勤め人は原則として在宅勤務を要請された。

とりわけ街を寂しくしたのは、レストランやカフェなど、市民のささやかな憩いの場が一斉に灯を消したことだったかもしれない。歓楽街があるわけでもないこの街で、一日の終わりに仲間とビールを酌み交わし、さりげない出来事を語らう、それは貴重な場だった。

市民の対応は冷静で、政府の措置に納得し、おおむね指示を守っていたように思う。バーゼル市民一丸となっての対処が始まった。これは民主主義社会での、自分たちスイス市民の選択なのだ、と。街を封鎖したり外出禁止措置をとったりはしなかったが、市内にあるドイツおよびフランスとの国境はいちおう閉じられ、今日が昨日とは違うことを誰もが実感した。

大学も教室での講義が中止になってオンラインに切り替わり、研究所の教員と職員も原則として在宅勤務になる。宣言が出され、研究所の主《おも》だった人間たちの会議が持たれた。勤務体系をどうしようか、大学院生の面倒をどうみようか。自分は日本での仕事が始まる直前までバーゼルに残る、きみたちと一緒にいる、とぼくは言った。

そのときの仲間たちの対応を、ぼくは生涯忘れない。仲間たちが言った。いたいだけいて下さい、必要な面倒は全部みます。客員教授の任命延長の手続き、宿舎の確保、官舎が無理な場合の私邸の提供、常備薬の処方箋の手配、非常用食糧のおすそ分け。あっという間に分担が決まった。

でもそのあと、日本の状況がもっと悪くなり、スイスからの出国も日本への入国も、両方とも不可能になるかもしれないとなって、友人たちは心配し始めた。いくらでもお世話はします、でもあなたが何カ月も帰れなくなることが心配です――。

自分の街だし長くいるのはかまわない。だが数カ月もい続けることになり、日本での仕事の責任を果たせないのは困る。そう考え、眠れぬ夜が明けた朝、ひとまず帰国するというつらい決断をした。

帰国

日本での責任もあるが、バーゼルの友人たちに果てしなく負担をかけることになるのを避けたかった。そう言うと、いつも親切に気配りしてくれるドイツ人の同僚が、語気を強めて言った。あなたはいつも他人に負担をかけたくないと言うけれど、いいわね、間違えないで。みんなあなたが研究所に残ってほしいと願っているし、そのために対処するのは負担でも何でもないのですからね――。

結局ひとまず日本に戻ることに決めたが、最後の数日、がらんとした研究所には、管理役を買って出たこのドイツ人同僚しかこない。去年10月に引っ越したばかり、4棟の18世紀建築からなる研究所に彼女が一人きりでいるのがかわいそうで、ぼくは前日まで通い続けた。

帰国前日、急用で現れた別のスイス人所員も一緒に、3人で家路についた。閑散とした目抜き通りを抜けて、ライン河沿いに歩く。右と左に別れるべき場所に差しかかったとき、もう少し河沿いに歩こうと決め、しまいには2つ向こうの橋まで一緒に歩いてしまった。「マルティン教会でのコンサートはキャンセルになっちゃったね」、「あのおいしいデューナー（ケバブ）のお店にも行けなかったね」と他愛ない話題を続け、最後は涙声になった。

この危機の中、そんな仲間を持てたことに、ぼくは深い感謝をおぼえる。危機に直面しても留まりたいと思う場所は、必ずしも自分が生まれ育った場所とは限らない。むしろ、「きみたちに、ありがとう」と言える、家族や仲間たちがいる場所だろう。この危機が収まったらすぐに帰ってくるから、とぼくは言った。もうハグはおろか、握手さえしてはいけなくなっている。最後のドライローゼン橋のたもとで、軽く握った拳と拳を合わせて別れた。

帰国の日も、スイス全国でたくさんの人が働いている。タクシーの運転手さん、駅のコーヒースタンドの女性、駅員さん、検札の車掌さん、空港の地上職員、税関職員。その人たちにぼくは、「ありがとう」のあとで同じ言葉を言い続けた。「お元気でいて下さいね」。そうすると、その誰もがまったく同じ反応をした。一瞬あっけにとられ、すぐに笑顔になり、「あなたも！」と言ったのだ。

みんなで苦難に立ち向かい、多くの人が働くことすらできなくなっているこの日々、逆に危険に身をさらしながら勤めを果たさざるをえない人が幾人もいる。医療の最前線でも、生活の最前線でも。国を去るとき、その人たちに対してできることは、感謝と祈りしかない。

もう立ち入りが制限され、使える場所も制限されたチューリヒの空港。ぽつねんと飛行機を待っていたちょうどその時間、スイスの街々では、市民が心を一つにして拍手し、不眠不休の活動をする医療従事者に感謝を示す行動をしていた。それを知ったのは日本に戻ってからである。

飛行機がチューリヒの空に舞い上がったとき、一人一人の「あなたも！」を思い出して胸が詰まった。

人間、この弱きもの

バーゼルを離れる前の日、通りの柊目木《ヒイラギメギ》をみつめて思った。ああ、この野花はコロナウイルスにも負けず、今年もけなげに咲いている。多くの人間が生活や生命を奪われているときに、陽の光と雨水以外は誰の助けも借りず、しっかりと咲き誇っている。

ありきたりだが、マタイ福音書の有名な一節を想い起こした。「野の花がどうして育っているか、考えてみるがよい。働きもせずに紡ぎもしない」。しかし、栄華をきわめたソロモンでさえ「この花の一つほどにも着飾ってはいなかった」（6章28〜29節）。

聖書はこのあと、だから神は人間をもっと大切に守ってくださる、と続くのだが、ひとまず人間の弱さを思う。捕食動物の頂点に立っているという意味で人間は最強かもしれないが、種をまき、穀物を刈り取り、着物を調達しなければならない。柊目木のように何一つわずらわされずに生きることはできないし、それどころか、小さなタンパク質でしかないウイルスにも簡単に負けてしまう。

人類の弱さをあらためて思った。悪いことにわたしたちの多くは、そういう抜きがたい弱さを、疫病や災害など、自然の脅威にさらされたときにしか感じない。だが自然の脅威と驚異は厳然として続き、それを完全に「克服」することはできないのだ。

たとえば北極の氷のかたまりをなくすことなど、何十万年もできずにきた。その氷が崩れ始めたのは、地球が温暖化し、人間がみずからこの惑星をおかしくしてからである。人間は、自分たちを苦しめることによってしか、自然の摂理を変えることができない。

ウイルスの猛威の前で多くの人々が苦しみ、悲しんでいる。その災厄が1日も早く終息することを祈るほかないが、それはまた、人類の弱さを謙虚に想い起こすときでもあるだろう。そして、苦しむ人々のために懸命の働きをする人々、日々の生活を支えるために仕事をし続ける人々に感謝する好機でもある。

お店の皆さん、ありがとう

バーゼルの住まいのすぐそばに、カトリック教会が立っている。毎月一度、実に上等な音楽会が行われる、ぼくの好きな教会だ。それが3月に入るや、突然閉鎖された。扉に貼られた告知を見ると、お隣の大学病院に協力して当分のあいだ閉めます、とある。街の人の話では、新型コロナ患者の救急収容に使っているらしいとのことだった。

数日後、夜の散歩でその前を通ったとき、あっと驚く光景が目に飛び込んできた。たまたま扉が開くと、広い聖堂の内部にこうこうと灯りがついている。幾つものついたてで仕切られ、防護服に包まれた無数の人が懸命に働いているのだった。救急収容ではなくウイルス検査のためだという。いずれであれ、夜を徹して働く人々の、まるで野戦病院のような壮絶な風景だった。

少しだけ休憩が取れたのだろう、若い女性看護師が外に出てきて、憔悴しきった様子で入り口にぺたんと腰をおろし、深い溜息をついてうなだれた。

　こういう危機的な事態をすぐに「戦争」と形容することを、ぼくは好まない。戦争と呼んだが最後、何をしても構わないと言わんばかりの政策が取られがちだからだ。人権無視も弱者切り捨ても起きる。だが、この緊急事態のさなか、ああして危険を顧みずに人間の生命のために働く人々の様子は、まさしく戦争そのものだ。ぼくは頭をたれた。

　帰ってきた日本でも、医療の前線に立つ人々や、市民生活を支えるために働き続ける人々がたくさんいる。その人々にただ感謝を捧げるほかないが、この危機に対する政治や行政にはむしろ批判的な思いが強い。同時に、外出自粛しようと思えばできるのにしない人、他人との距離を取ろうともしない人が多いことにも驚いた。

　政治について一点だけ言っておこう。森友・加計疑惑（それに起因するまじめな一財務省職員の痛ましい自死）、検事総長定年の操作、桜見物の私物化などなど、数多くの無責任あるいは違法な行動がなければ、政治も行政もこの危機にもっと早く立ち向かうことができたはずだ。隠蔽や改竄《ざん》や知らばっくれをくり返してきた為政者の言うことは信頼できない。その意味で今回の危機は、日本においては医学的・疫学的危機である以上に政治的危機である。

　スイスやドイツは、その点で大きく異なっていた。感染者や死者の数では日本よりはるかに深刻で、それはこの原稿の執筆時（4月中旬）でも変わらない。だが、政府の措置に理解を示し、かつ、それが自分たちの民主的選択でもあると考える市民が多い点で、少し違うように思う。

3月18日のメルケル首相。研究所の、いつもは彼女に辛口評価だったドイツ人同僚たちも、この日の演説には大いに共感したという。何にせよ、連帯が一番。©EPA＝時事

ドイツでも多くの市民が恐怖と不便に耐えつつ、不満も少なくはないが、3月18日、メルケル首相のテレビ演説が多くの国民を励ました。それはこの国が民主国家であることを不動の前提にし、国民自身による努力と連帯とが何より重要だと述べ、様々な制限が民主主義にとってふだんはあってはならない措置である、と説くものだった。

演説の白眉はおそらく、首相が一呼吸おいて「ここで、ふだん感謝されることのない人々に対し、感謝を述べさせてください」と語り始めたときだったろう。「スーパーでレジに立ち続ける皆さん、棚に商品を補給している皆さん、ありがとう。社会の仲間たちのため、そこに留まり、わたしたちの生活が止まらぬようにしてくれて、ありがとう」。危機の際の統率力とは、こういうことを言う。

この「戦争」のあとで

　闇が明けるきざしはまだない（4月中旬現在）。だが、市民が連帯し合い、みずからの行動を律すれば、いつかは終息する。ならば、このあとも続く世界に何を持ち越し何を持ち越さないか、それを考えておくことが必要だろう。

　危機の際の権力的統制や監視を持ち越してはならない。弱者無視も次の危機までに改めておく必要がある。医療従事者の懸命の努力にもかかわらず、医療体制が不十分なまま放置されていた現実を反省しなければならない。来《きた》るべき世界は、経済面でも社会面でも環境面でも、今とはまったく違ったものになるだろうからだ。

　そして、この中で芽生えた、最前線で戦う人々への感謝は残そう。たしかにいまの事態は、カミュの『ペスト』に描かれたように、不条理のきわみではある。しかし、人間は不条理にからめ取られまいとする存在でもあり、それによって、「最も弱い」生き物であるにもかかわらず、敗れても敗れても尊厳を保ってきた。戦争の後も、ウイルスの後も。カミュが記したように、「人間のうちには、軽蔑すべきものより讃美すべきもののほうが多くある」のだ。

　だからこそ、感謝から始めよう。来るべき世界をより良いものにするために。　（4月15日）

＊連載「未来の余白から」より

もがみとしき
国際法学者。早稲田大学教授、国際基督教大学名誉教授。バーゼル大学客員教授。著書に『国境なき平和に』、『未来の余白から』（小社刊）ほか。『婦人之友』に連載中。

Part 2 未来へ

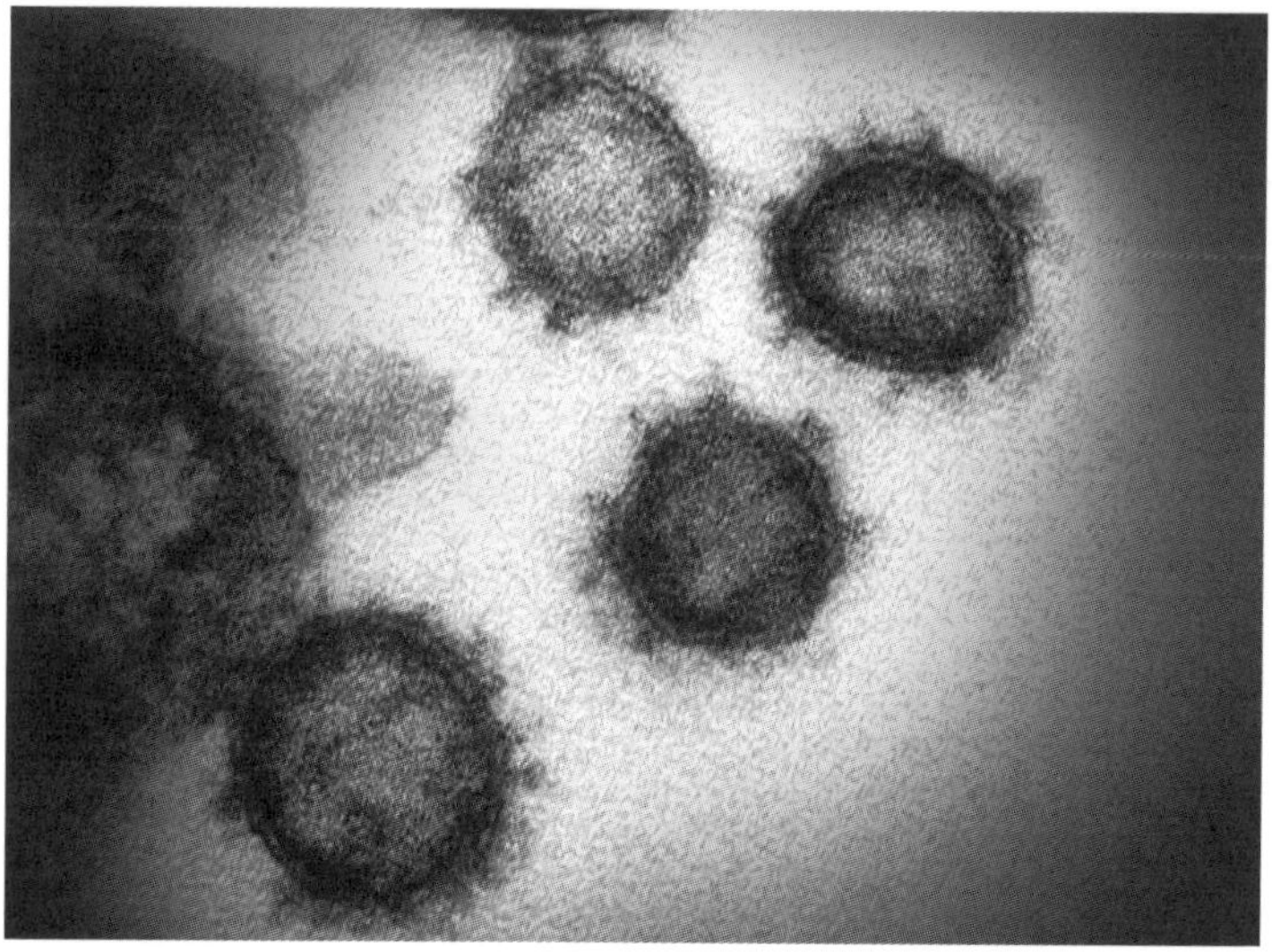

顕微鏡で見た新型コロナウイルス（COVID-19）。写真／アフロ

「ポストコロナの生命哲学」

福岡伸一
Fukuoka Shin-ichi

正しく「畏れる」こと

依然として新型コロナウイルス問題の収束が見通せません。生物学者の私でさえ、このような地球規模の大事態が出現することは、去年の今頃には全く想像できませんでした。

おそらく今後、感染は収束したかのように見えてまた増大するなど、長い期間に渡って私たちを悩ませることになると思います。これは、中世の黒死病、100年前のスペイン風邪のように、歴史の教科書に特記されるような世界史的事件となるでしょう。

いったいどうすればよいでしょうか。一言でいえば、「正しく畏《おそ》れる」ということに尽きるのではないか、と私は思っています。おそれる、というのは、むやみやたらに恐怖を抱いたり、強迫観念にとらわれることなく、自然に対する畏敬の念を持つべきである、ということです。

というのも、人類は過去、さまざまな感染症や自然災害の試練を受けつつも、何とか生き延びてきました。今回のコロナ禍に関しても、長期的には、ウイルスと、その宿主であるヒトのあいだに、ある種の均衡が形成され、「新型」はやがて「常在型」となり、インフルエンザと同様、重症化すればリスクはあるものの、そのリスクを受容しつつ、大半のケースでは軽度の症状をもたらすだけの風邪ウイルスのひとつとして認識され、ヒト・ウイルスの共生関係が形成されていくだろうということです。

ウイルスは生命の環の一部

そもそもウイルスとは何者でしょうか。ウイルスは細胞やバクテリアよりずっと小さく、細胞がサッカーボールならゴマ粒くらいの小さい粒子です。それ自体では呼吸も代謝もしていません。私の生命観からいうと「動的平衡」(生命とは、分解と合成が絶え間なくおこり、その流れの上でバランスをとるもの)の状態にないので生命体とはいえません。

では一体何なのか。それは我々を含む生命体の欠片《かけら》です。ウイルスは、DNAもしくはRNAがタンパク質や脂質の殻の中に入ったもので、単なる物質の塊です。単純な構造ゆえに、地球上に生命が誕生した最初の頃からある原始的な存在に見えますが、ちがいます。

ウイルスは元々、私たち高等生物のゲノムの一部でした。それがたまたま外へ飛び出したものです。それが環境をさまようちに変化し、また戻ってきて、ちょっと悪さをしているのがウイルスです。今も絶えずさまざまなウイルスが高等生物から飛び出し、また飛び込んで来ています。ウイルスは生命の環の一部であり、自然の一員です。悪さをするのはごく一部のウイルスで、大半のウイルスは無害であり、私たちはその感染に気づきません。

つまり、ウイルスの起源は私たち自らにあるので、これに打ち勝ったり、撲滅したりすることはできないのです。それは無益な闘いです。むしろ、長い進化の過程では、ウイルスは遺伝子を、ある種から別の種に水平に運ぶという有益なこともしていました。それゆえに今も存在していると考えられます。その中のごく一部が病気をもたらすわけです。病原ウイルスも、長い目で見ると、人間に免疫を与えたり、人口を調整したりしてきました。ウイルスと宿主は共に進化し合う関係にあるのです。

ピュシス対ロゴス

今、私たちは日々のニュースに右往左往していますが、「畏れる」という点について、コロナ禍が人間に問いかけた課題をもう少し俯瞰して見ないといけないと思います。それを考える手がかりとして、ピュシス対ロゴス、という概念を提示してみたいと思います。

いずれもギリシャ哲学の言葉です。ピュシスとは本来の、ありのままの自然のこと。一方、ロゴスというのは脳が作り出したフィクションのこと、あるいは論理や言葉のことです。われわれホモ・サピエンスは、その発達した脳によってロゴスを発明しました。ロゴスゆえにヒトはヒトになり、他の生物と一線を画することができました。ロゴスによって、ピュシスを制御し、アンダー・コントロールに置いた（つもりになりました）。

これにはよい面がたくさんありました。ピュシスは、本来、残酷で冷徹で暴力的です。ピュシスとしての生命の至上命令は、種の存続です。端的にいえば、産めよ・増やせよ、ということ。その目的のために、個々の生命はいわばツールでしかありません。個体は次の世代を作り出す道具です。大半は食われたり、のたれ死んだりしてしまう。種の保存に役に立たない個体、生産性のない個体に用はないことになってしまいます。これがピュシスの掟です。

そこでホモ・サピエンスは、ピュシスの掟から自由になる道を選びました。種の存続よりも、個の生命を尊重することに価値を見出したのです。これが基本的人権の起源です。別に種の保存のために貢献しなくてもいい。産んだり・増やしたりしなくても罪も罰もない。個の自由でいい。そう誓いあいました。なぜヒトだけがこんな境地に達することができたのでしょうか。それはとりもなおさずロゴス＝言葉を作り出したからです。

ロゴスの力によって、ピュシスが本来的に持っている不確かさや気まぐれ、あるいは残酷さや冷徹さに対抗することができました。ロゴスの作用によって、ピュシスの命令から脱し、個体の自由を獲得したのです。

ヒトはロゴスのみでは生きられない

しかしそうはいうものの、ピュシスとしての生命を、すべてロゴスで管理することはできません。ピュシスの本体、つまり、生と死、病、生理、性と生殖、排泄……こういったピュシスの実相は、ロゴスではどうすることもできません。そこでロゴスはどうしたか。見て見ぬふりをしました。あるいはタブーとして隠蔽した。今回のコロナ禍もまた、ピュシスとしての自然の不意の顕れでした。

都市化された私たちの衣食住は、いやおうなくロゴス万能主義の道を邁進しています。清潔で快適な空間、安全で便利な暮らし。AI（人工知能）やIoT（モノのインターネット）はロゴスの極めつきの推進パワーです。

ここに「正しく畏れる」ということが重なってきます。ロゴスを信奉しすぎて極端な清潔主義、完璧主義に走ることは、ピュシスから手痛い反撃を受けることになります。また、私たちはピュシスを直視しなくしては生きることができません。同時に、ピュシスを畏れることを忘れてはいけないと思います。

三密を避け、学校も会社もリモートやオンラインとなり、すべてのコミュニケーションが、よりクリーンに、より電子化されていくことは、私たちの暮らしをますます効率化するでしょう。ロゴスの勝利です。

一方で、ホモ・サピエンスは、ピュシスとしての生命である限り、ロゴスだけで生きていくことはできません。密接、密集、密室がどうしても必要なときがあります。そこでしか生まれないものがあります。そもそも先進国で、少子化が進行するほんとうの理由は、（コロナ以前から）ロゴスの力が、ピュシスの力を上回っているからです。

しかし、集会、移動、言論、あるいは婚姻や子どもを持つかどうか、といった自由に代表される基本的人権は、その密にこそ根ざしています。それゆえ、コロナ制圧の御旗のもと、データサイエンスやＡＩによって、つまりロゴスの力によって、個人の自由が制限されたり、監視されたりすることに大いなる危惧を持つべきだと思います。

ロゴス推進の道をとどめることはできませんが、一方で、ピュシスを大切にする精神も尊重されるべきだと思います。そこにはある意味の諦観と、死の受容が含まれます。ヒトはピュシスから逃れられないということを再認識することが、ポストコロナの生命哲学となると確信しています。

（8月6日）

ふくおかしんいち
生物学者。青山学院大学教授、米国ロックフェラー大学客員研究者。著書『動的平衡』、『フェルメール光の王国』、『わたしのすきなもの』（小社刊）ほか。『婦人之友』に連載中。

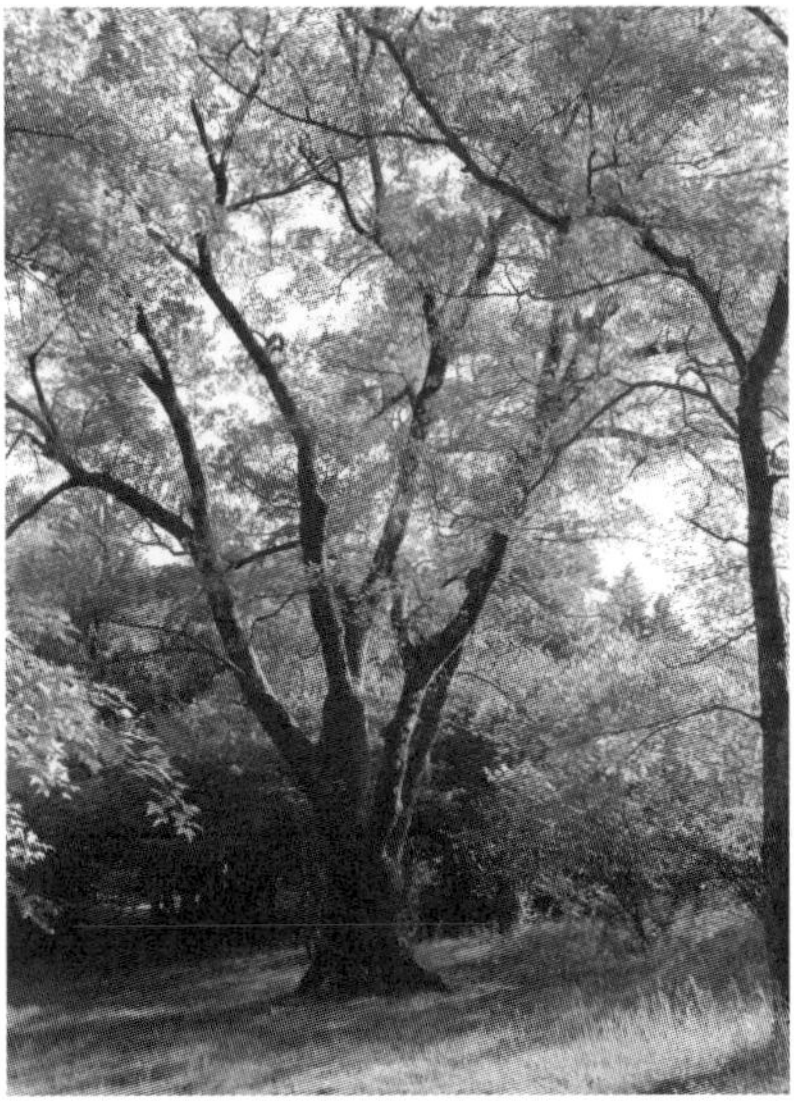

枝廣淳子

Edabiro Junko

「危機だからこそ、変えられる！」

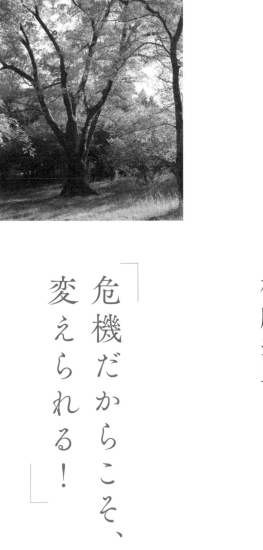

これまでと大きく違う世界

これは、早晩「平時」に戻る「非常時」ではありません。コロナのトンネルの先は「いつもどおり」の世界ではなく、「これまでとは大きく違う」新しい世界です。

それがどんな世界になるかは、このコロナ・トンネルの間に私たちが何を考え、何をするかしだいだと思います。同時に、トンネルの先にどんな世界や社会を描いておくかが、「コロナ後」の私たちを方向付けるでしょう。

「平時」には動かしがたい社会の仕組みや人々の価値観も、今回のような「非常時」にこそ、大きく動かせる可能性があります。テレワークはその筆頭でしょう。遠隔医療やオンライン教育なども、必要性を突き付けられ、急ピッチでシフトや取り組みが始まっています。

そして、この危機を「新しいあり方へのシフトの原動力」として捉え、「そこから学び、変えていく」ことを実践し始めている人たちがいます。私が主宰する幸せ経済社会研究所で行った、2つのアンケート調査結果からご紹介しましょう。

「何がどう変わった？」

私たちは2020年5月末に2つのほぼ同じ内容の調査を、同時並行的にインターネットで行いました。一つは調査会社に委託して、全国の約500人を対象に、年代、性別、住んでいる場所を日本人口比に合わせて行ったもので、いわゆる「一般」の方々の意識調査です。もう一つは、私の環境メールニュースやフェイスブックなどで呼びかけて実施したもので、こちらは環境問題などへの関心が高い「高関心層」

への意識調査です。

1問目は「家庭の食料の入手方法がコロナの状況下で変わったかどうか」というものです。「一般」では、「変わった」と「やや変わった」と答えた方があわせて35％程度でした。それに対して、「高関心層」では、半数程度が「変わった」と回答しています。その回答内容を分析したところ、「一般」では、食料を入手するために、「近所で買う」「短時間で買う」「ネットスーパー」「まとめ買い」「冷凍食品」などが浮かび上がったのに対し、「高関心層」では、「コロナ支援」「産地から取り寄せ」「地元の野菜を購入」というように、「地元」「支援型」の食料入手方法への変化がうかがえました。

「コロナの状況下で、新たに始めたことや以前より時間を使うようになったことはありますか？　それは何ですか？」という問いに対しては、「一般」では、「消毒」「手洗い」「マスク」という衛生関連の回答がかなり出ました。一方、「高関心層」は、「マスク」は出ましたが、「消毒」「手洗い」という回答はほとんどなく、「コミュニケーションを丁寧にとる」「地域との対話」といったコミュニケーション系、ボランティアやオンラインセミナーへの参加といった将来のために時間を使っていることがわかりました。

最後に、「コロナの状況下で、幸福度に変化がありましたか？」という設問に対しては、14％が上がったという「一般」の回答に対し、「高関心層」ではなんと44％が上がったと回答、大きな差がありました。その理由について、「一般」では、「時間が増えた」「金銭面で困っていないから幸せ」という回答がありましたが、「高関心層」では、「当たり前に感謝する」というものや、「新しい活動を始めた」という回答が見られ、幸福度が上がった人が多いだけでなく、その理由もかなり異なる結果になりました。

　このように、危機的な状況でも、起こる事象をそれぞれのチャンスとして前向きに捉えている人たちは、「コロナの先の未来」を創り出す人たちです。まずは、どんなに小さくてもいい、ささやかな取り組みでもいい、チャンスをカタチにしていきませんか。

「その先」に進むための5つのこと

　コロナウイルスに負けることなく、「その先」に進んでいくためにとても大事だと考える「5つのこと」を贈ります。

(1) Stay Healthy（体力・免疫力を保とう）
(2) Stay Positive（ポジティブな気分でいよう）
(3) Stay Connected（つながりを保とう）
(4) Stay Thankful（感謝の気持ちを忘れずに）
(5) Stay Focused（大事なことは考え続けよう）

　事態が迅速に収束することを強く願いつつ、このような時だからこそ、本当に大事なこと、ふだんは気がつかないけれど重要なことをしっかり見つめ、考える。そして、「これまでやってこなかった新しいあり方・やり方」を試し、仕組みを変えることで、よりよい未来につなげる一歩にしていけたら、と願っています。

（8月6日）

えだひろじゅんこ
環境ジャーナリスト、翻訳家。幸せ経済社会研究所所長。大学院大学至善館教授。著書に『プラスチック汚染とは何か』、監訳書に『海と地域を蘇らせるプラスチック「革命」』ほか。

「エシカル」はこれからの時代の道しるべ

末吉里花
Sueyoshi Rika

私たちが生きる時代とは

私たちは今、間違いなく大きな変化の時代を生きていると言えます。新型コロナウイルスによって、今までとは異なる新しい行動様式が生まれ、刻一刻と変わる状況に合わせながら暮らしていくことが求められています。

今、私が感じているのは多くの人たちが必死で踠《もが》きながら、コロナ以前の状態に戻ろうとするのではなく、希望ある新たな世界像に向けて歩み始めている、ということです。とはいえ、コロナ前よりさらに、不安定で、不確実で、不透明な時代になったことは否めません。人々は、何が正しい道なのか、何を選択すればより良い方向に向かうのか、とても迷っています。

私自身もそうです。そんな時、人々は正解を求めるようになります。失敗はしたくない、間違いたくない、という思いで、暮らしや自分自身、あるいは社会に対して正しさを課すようになります。でも、正しさってなんでしょう。

正しさって何？

ここ最近、実に多くの似たような質問や悩み相談をいただきます。「地産地消と遠く海外から運んできたものはどちらが正しいですか？」、「100％リサイクル・ポリエステルと100％オーガニック・コットンのTシャツはどちらが正しいですか？」、「環境に配慮した商品だと思って選んだら、実はあとからそこまでエシカルでなかった、ということもある。時代とともに良い悪いという常識が変わっていく中で、本当に正しくて、エシカルな消費をしていくのは難しいように感じる。一歩踏み出すにはどうしたらいいですか？」。エシカル消費の範囲は多岐にわたるので、多くの人はその中でもどれが最善なのか迷うようです。

エシカル消費にただ一つの正解はありません。どの価値観を優先させるかは、個人によって異なることは当然だと思います。大事なことは、たとえ異なる意見でも十分にそれを聞き、理解し、自分自身で考え判断することではないかと思っています。自分が置かれた状況の中で、何を選べばどんな影響があるのかを、自分の頭で考え続けていくことが大切だと思っています。私も日々、色々と頭を悩ませながら考え続けていっています。

内なる規範を持つ

尊敬する方から教えていただいたことがあります。正（しさ）は、「一」と「止まれ」でできていて、「この線で止まれ」という意味。「この線」のことを規範と言い、大切なのは「この線」を一人一人が心に持つことであると。

つまり、「内なる規範」を持つことで「エシカルな自分づくり」ができる、ということです。正しさを人に押し付けるのではなく、自分の内なる規範に従って、影響をしっかりと考えながら暮らしの選択を続けていく。

これからの時代を生き抜くための道しるべとなるのは、こうした「内なる規範＝エシカル」なのではないかと感じています。本当の普遍性というのは、その先にこそ生まれるものなのではないでしょうか。

（8月6日）

すえよしりか
一般社団法人エシカル協会代表理事、日本ユネスコ国内委員会広報大使。著書に『はじめてのエシカル』、絵本『じゅんびはいいかい？名もなきこざるとエシカルな冒険』ほか。

中村秀明
Nakamura Hideaki

「人の命か経済か」は、あり得ない」

この8月のイタリアとスイスを結ぶレーティッシュ鉄道の車内。かなりの「密」だが、窓を開けて換気には気を配っている。（写真／筆者）

何かに、誰かにすがりたい空気

日本循環器学会が7月に公開した山中伸弥・京都大学教授と「8割おじさん」の西浦博・北海道大学教授による、新型コロナウイルスについての対談動画をイタリアで見た。今後についての見解が聞きたかった。

気になる発言がいくつかあった。

「対策をとらないと、10万人以上が亡くなる」

「野球でいえば、まだ2回表でコロナ側が攻撃している」

ワクチンができても、安全性や量の確保といった高いハードルがあるとの指摘には改めて「長い闘いになる」という山中教授の言葉をかみしめた。年内にも、との期待があるワクチン開発が新型コロナを早期に制御できる決め手になるのか。両教授は言葉を選び、その歯切れは悪かった。

「そうか、彼らにも不確かなのだ」と少し力が抜けた。

思えば、新型コロナの猛威に見舞われる前から確実なことはなかった。ただ、気づかないよう、考えないようにして、それで済んできたのだろう。新型コロナは、そうした思い込みを、あっさりひっくり返してしまった。もはや何も確かとは思えない。私たちの健康やひと月先の予定、人生のあらゆることについて、生死すら……。

いろいろなことがあいまいで、事実かどうか疑いは尽きず、正しいか間違っているか考え始めればきりがなく、先を見通すことはできない。ともすれば何かに、あるいは誰かにすがりたくなる。世の中にそんな空気が静かに広がりつつあるようだ。

不確実な時代のリーダーシップ

対談が終わってしばらく、立ちつくすような思いの後、一つの詩が頭に浮かんだ。

いかなる権威にも倚りかかりたくない
ながく生きて
心底学んだのはそれぐらい
じぶんの耳目
じぶんの二本足のみで立っていて
なに不都合のことやある

茨木のり子さんの「倚りかからず」だ。

自らの意思と力で立ち続け、歩んでいこうとすることは容易ではない。不確かなことを前にすれば、誰でも不安や恐れ、疑いにかられる。茨木さんにして、できあいのものに「倚りかからず」と言える心境にたどり着いたのは73歳の時である。

しかし、「誰かがやるべきことを示してくれる」「とにかく明らかな何かがほしい」という思考に流れるのはやはり危うい のだ。安心や安全のため、自らの自由や尊厳を少々なら差し出してもいい、との考えに私たちを走らせる。見せかけだけの確かさを求めたり、目に映る強さを正しさと勘違いしたり、単純な呼びかけを真実と思い込んだりしてしまう。

そんな小さなことから始まって、歴史はいくつもの悲劇を繰り返してきた。「強いリーダーシップ」や「わかりやすいメッセージ」などはほしくない。不確実な時代であるならば、等身大の姿をさらし、共感する力を持つ人こそが信じるに足る。一緒に悩み苦しみながら、希望を語れる人とこの時代をともにしたい。

寛容さと連帯の意識を

「倚りかからず」と決めたら、その先はどうすればいいのか？　まさに、どうすればいいかを考えながら、日々を過ごしていくしかないのだろう。大切だと考えるものを自分の中にとらえ、日々を歩んでいく。自分にとって、本当に価値があって意味があると信じられるものは何か。心から受け入れられるものは何か。その判断を誰かに委ねたり、押しつけられたりしてはいないか、と問いながら。

「自分は自分、人は人だ」と孤高に構えて、わが道を行こうというわけではない。他者の存在とその異なる考え方と感じ方も尊重し、根底にはいつも寛容さと連帯する意識を持ち続けていたい。

カトリックの国イタリアも、信仰への濃淡はあって人それぞれだが、宗教が社会のある種の重しとなっているのを実感する。落ご者を見捨てず、弱者を救おうとする精神は厳しい状況の中でも健在で、個人主義の国における社会の安定性につながっている。

そんな重しが見当たらない国では、寛容さや連帯の意識を生み、広げるような特段の働きかけが欠かせない。しかし、私たちの国はそんな働きかけどころか、正反対のことをやってきた。その結果、社会全体の柔軟さや包容力は年々弱くなり、あちこちで差別や分断が起きている。新型コロナの感染拡大で厳しい状況なのに、追い討ちをかけて息苦しくなるような事象すら伝わってくる。

あげくに、こんな意見が政界や経済界から出て、一定の説得力を持っているという。

「ウイルスだけでなく、経済で人が死ぬこと

もある」

「長い目で見れば、経済をうまく回す方が人の命を救う」

冷徹な計算で持論の正しさを説く人もいる。

〈ここ数年は全国で2万人強が自殺で亡くなり、過去の景気悪化時は3万人を超えた。つまり今は人口10万人当たり16人くらいの自殺者で過去には24人の時もあった。であれば、新型コロナによって10万人当たり2人の死者を防ぐために、景気悪化で8人の死者を増やすのか。コロナ対策はメリットとデメリットのバランスを考えないといけないのである〉

いい加減なことを言わないでもらいたい。経済悪化と自殺者増加に「相関関係」はあっても、「因果関係」はない。そんな法則は存在しないのだ。自殺予防に何ら有効な政策をとろうとしない不作為が、自殺者を増やしただけだ。

所得を減らし困窮する人、職を失い住む場所も追われる人、経営する会社が行き詰まる人。そんな人々を「敗北者」「負け組」として切り捨てる政策を続けてきたのは誰なのか。小さな挫折やつまずきに見舞われただけで、生きることの不安が増幅する不安定な社会に誰がしたのか。「自己責任」を問い、排除に走る不寛容な風潮を社会に広げたのは誰なのか。

望む社会の姿を心に

経済がどんなに悪化しても絶対に見捨てはしない、誰一人として自殺に追い込むようなことをしない――。そんな政策に懸命に取り組んできたならば、こんな今はない。「経済で死ぬ人などいない社会」こそが、私たちが望んできた姿だった。

人の命か経済か、の議論はナンセンスだ。そんな二者択一はあり得ないし、バランスをとらなくてはという考えも詭弁でしかない。米ニューヨーク州のクオモ知事が言ったように「人命はドルに換算しない」のが真っ当な発想だ。経済は人々の営みであり、人がいなければ成り立たず、存在する意味すらないのだから。

スウェーデンのグスタフ国王が4月のテレビ演説で述べたことが今なお印象深い。

「今はまだ多くのことが不確かですが、一つだけ確かなことがあります。私たちは、今起きていることをいつか思い出し、振り返るでしょう。他者に思いをはせたか、それとも自らのことだけを考えたのか、と。その選択とともに私たちは生き続け、それは私たちの未来に大きな影響を与えるのです」

（8月6日）

中満 泉

Nakamitsu Izumi

「人を思いやり、世界の未来を想う」

人類史上の分岐点に

3年前に亡くなった父は、「人間の一生には、一度は大きな危機があるものだ。そしてその危機にあってどう行動するかが、その人の真の価値を決めるだろう」とよく言ったものでした。そんな父にとっては、もちろん第二次世界大戦が人生最大の危機でした。

今私たちの住む世界は、新型コロナウイルスのパンデミックというおそらく人類史上の分岐点にあります。

私たち一人一人がどのような行動をするか、各国の政府がどのような決定を下すのか、そしてこのグローバルな危機に対応するためにどのような国際協力が可能になるのかによって、私たちの未来は大きく変わったものになるでしょう。

爆発的感染の日々から

私はニューヨークでの初期の爆発的な感染拡大のただ中にあって、一時は本当にどうなるのか不安な日々を過ごしました。アメリカ軍の病院船がハドソン川にやってきて駐留したり、セントラルパークにテントの野戦病院がつくられたりと、想像を遥かに超える状況でしたし、私の同僚にも家族をコロナで亡くす人が幾人かいたのです。

そんな中、家族4人で共に過ごし、それぞれがオンラインで通勤や通学ができることに感謝しながら、非日常的な日々を暮らしました。そして、毎日7時には皆で拍手をして医療関係者に感謝の気持ちを表現したり、重症化しやすい高齢者のために、若者が日用品の買い物ボランティアを始めたりといったニュースは、アメリカらしい、危機にあってこその団結心を表す例だと勇気づけられたものです。

現在もアメリカの多くの州で感染拡大が続く中、ニューヨーク州と私が住むその近隣では、特にクオモ知事の強力なリーダーシップのお陰で、いつでも誰でも何度でも無料でPCR検査を受けられる体制がしっかり確立し、その正確なデータに基づいて経済・社会生活の再開において科学的に適切な政策が実施されるようになりました。

初動のミスの教訓を走りながら検証して徹底的に学び取り、変えるべきところは変え、新たに作るべきシステムを作り上げ、「ニューヨーカーはこの危機を乗り越えられると信頼している」、「危機においては、なすべき課題を政治問題化しない」と連帯と団結の重要さを日々訴え、冷静で客観的な危機対応でした。

以前のような日常は戻っていないものの、毎日7万件以上の検査数で陽性率は2週間以上1%を下回って、ワクチンができるまでなんとか安全に、安心して暮らせる体制になりました。国連も7月末から段階的にオフィスでの勤務を再開できるようになり、9月半ばからはほぼ普通通りに出勤できることになりそうです。

立場を超えて心をひとつに

しかし残念ながら、コロナ危機は世界の多くの国に、経済的、社会的な困難をこれから長くもたらすことになるでしょう。そしてこのパンデミックは、私たちの世界・社会がいかに脆弱なものであったのかを、繁栄のすぐ隣に存在していた様々な問題点を明らかにしました。

コロナ以前から見られた大国間の緊張関係がさらに悪化し、対話と交渉による安全保障ではなく、軍拡傾向がさらに強まっています。多くの国で経済的、社会的そして教育の格差が広がっています。そして、各地の異常気象でも明らかなように地球の気候変動が進んでいます。

私たちは、コロナ危機をこれまであった多くの課題を今一度見直し考え直す機会とし、コロナ後はより良い世界・社会にしなければなりません。そしてコロナからの復興は、地球環境に配慮した形で成されなければなりません。

今こそ政治的な立場を超え、皆が心をひとつにする必要があると痛感しています。そして、一人一人が弱い立場にいる人、困窮している人を思いやり、私たち皆の未来を考え作らなければなりません。世界の、国の、社会の大きな共通利益のために小異を捨て行動できるか否かが、歴史に記憶される政治リーダーと「政治屋」を分ける。誠実に正直に日々を過ごせるか否かが、人間としての真の価値を決める。そして私たちの未来は、そんな私たち一人ひとりにかかっている。

7月から8月にかけて、広島・長崎原爆投下75周年の式典に参加するため、2週間の自主隔離期間も含めて日本に滞在した約1カ月、そんなことを考えながら過ごしました。75年前の過去の歴史を振り返り、コロナ禍の現在を生きる私たちと、私の娘たちの暮らす世界の未来を想う、暑い毎日でした。

（NYに戻る機内にて。8月17日）

なかみついずみ
国連軍縮担当事務次長・上級代表。UNHCR入所後、数々の国際機関のポストを歴任。一橋大学教授を経て、17年より現職。著書に『危機の現場に立つ』ほか。2女の母。

「わたしたちの罪」

あさのあつこ
Asano Atsuko

わたしは、無神論者ではありません。でも特定の〝神〟を信じる者でもないのです。いかにも日本人的だと言われてしまうかもしれませんが、川や山々や森に宿る神を感じても、絶対的な存在を信じ、崇める気持ちも経験もありませんでした。この世の神羅万象、ことごとくが科学的に証明できるなんて思ってもいないのですが、神によりこの世が創られたとも考えていません。しかし、今回のコロナ禍だけは神の手が動いたのではと、ふっと思いを巡らせるときがあります。神の手が、人の世にべたりと貼り付いた薄皮を剥がしてしまったと。そのベリベリという音が聞こえるような気さえするのです。

薄皮の下からは、人間が隠していたもの、現実に在るのに在ることを認めなかったもの、目を逸らしていたもの、知らぬ振りをしていたもの、つまり、わたしたちが抱えている矛盾と問題がごろごろと現れました。

人の命は平等ではなく、すさまじいまでの格差がある。国により、身分により、所有する財産により人は生と死を分けられる。年齢や基礎疾患の有無、体力等々とはまったく別の要因で生き延びられる命が失われる。国の指導者の無能、無策のために多くの人々が死んでいく。

命懸けで奮闘する医療従事者に敬意の拍手を送りながら、一方で差別と疎外を助長する者たちがいる。他人ではなく自分の内にもいる。感染者を匿名で非難し、罵詈雑言を浴びせる者たちがいる。やはり自分の中にも……。〝自粛警察〟とやらを嫌悪しながらも、マスクをしていない人を憎む自分が確かにいました。呼吸器系の疾患でマスクが苦痛なのでは、うっかり忘れているだけなのでは。そんな想像はまるでできなくて、〝非常識な人〟という眼で見てしまった覚えがあるのです。

私の内の醜さと幼さ、命の格差、社会の脆弱さ、政治のエゴイズム、個人のエゴイズム。神の手が剥がし、引きずり出した諸々はこの先、どうなるのでしょう。もう二度と元には戻せません。わたしたちは薄皮の下の汚物を見てしまったのですから。

コロナは人災です。ウイルスは自然界の存在であっても、今の世界の状況は明らかな人災です。温暖化や開発、経済活動で人は自らの世界にウイルスを持ち込み、広げました。命に差をつけ選別をしました。人命より経済に価値をおきました。

これがわたしたちの現実です。この現実から目を逸らすことも、見なかったことにするのも不可能です。ではどうすればいいのか。向き合うしかないでしょう。人災であるならば、なぜ、こんな災厄を人は引き起こしたのか。その過ちを徹底的に検証するしかないのです。わたしたちは、加害者です。それを忘れてはならないと思います。前述しましたが、命を懸けてへとへとになりながら現場に踏み止まっている医療従事者の方々、保健所や高齢者施設のスタッフ、襲い掛かってきた不況と全力で組み合い、知恵を絞り、踏み止まっている多くの人たち。人間のぎりぎりの気高い闘いをわたしたちは目の当たりにしています。

だからといって、わたしたちの罪が軽減されるわけではありません。「人間は愚かしいけれど、すばらしくもある」と、賢《さか》しらに語っても何も変わらないのです。わたしたちの罪とは何か。白日の下に引きずり出された、わたしたちの汚物をどう処理するのか。誰かの答えを待つのでも鵜呑みするのでもなく、わたしたち自身が思考し続けなければならないのです。

　このまま、一旦、コロナが収束したとき、あなたはどうしますか。表面上は元に戻ったような世界で、以前と同じように生きていきますか。わたしは、まだ答えが出せていません。どう罪を償えばいいのか、見当がつかない。それが正直な気持ちです。

　自分が加害者であることを忘れてしまえるならと、思います。忘れてしまえるなら、そうしたいと。でも無理でしょう。忘れることは罪です。これ以上、罪を重ねたらわたしの量刑は途方もないものになるでしょう。わたしは神ではなく子どもたちに裁かれるはずです。この世界の未来に生きざるを得ない子どもたちに、〝無責任で卑怯な大人〟という烙印を押されてしまうのです。

　自然界の汚物ならいずれ土に還ります。けれど人間の作り出した汚物は決して消えはしません。何かに変容することもありません。

　子どもたちの、さらにその子どもたちの、さらに……先の先の世代まで残り続け、不幸と格差と病気と悲嘆を発生させ続けるでしょう。

　偏見や差別を生み続けるでしょう。わたしたちは、そんな未来を手渡すために生きてきたのではありません。子どもたちはそんな未来のために生まれてきたのではありません。神が見せてくれた、この世界の汚物を少しでも取り除くために、わたしたちの明日はある。

　それを噛み締めて、進みたいと思います。


（8月22日）

あさのあつこ
小説家・児童文学作家。子育て中の37歳で作家デビュー。『バッテリー』で野間児童文芸賞、日本児童文学者協会賞を受賞。出身地の岡山で10人の孫に囲まれて暮らす。

「このあとの世界」

最上敏樹

Mogami Toshiki

夜が明けたら

この、閉ざされた自粛の日々が終わったら、ぼくは何をしよう。コンサートに行こうか、バーゼルに帰って満天の星を仰ぎ見ようか。いや、その前にポール・エリュアール（1895〜1952）と唱和して、こうつぶやこうか。

願望を失った放心の上に
むき出しの孤独の上に
死の行進の上に
ぼくはきみの名を書く

とり戻した健康の上に
過ぎ去った災厄の上に
想い出のない希望の上に
ぼくはきみの名を書く

そして言葉の力をふるい起こし
ぼくは再び生き始める
ぼくはきみを見つけるために
きみを名付けるために生まれた
自由、と

（エリュアール「自由」、『詩と真実 1942』）

全部で20連からなり、「〜の上に」のくり返しが心に響く詩だ。1942年、ナチス・ドイツによるフランス占領への抵抗《レジスタンス》として書かれたこの詩を、コロナウイルスとの闘いの中で、何度も思い出す。軍事占領とウイルスによる攻撃と、どちらが苛烈かは分からない。だが、息をひそめて過ごし、夜が明けて明日もまた生きているよう祈る。その点では大差ないだろう。

危機が深まる日々をバーゼルで過ごし、まるで戒厳令前夜のようだと書いたことがあるが、実は戒厳令も戦時も経験したことがない。日本であれスイスであれ、これほど自由を奪われる経験をするのは初めてだった。だから知ったような口はきけないのだが、この危機が、戦争ともリーマンショックのような経済危機とも、まったく異なることだけは鮮明に分かる。

戦争ならば、完全な負け戦《いくさ》になるまでは、少なくとも経済はむしろ活発に動き続ける。また経済危機ならば、一時的に大打撃は受けるが、ともかくも頑張って働くしかない。だが感染症が強いるのは、ウイルスに捕まらぬよう、じっとしていることである。一部の例外を除き、働いてはならず、活発にするなどもってのほかなのだ。

その中で、誰しもが、「また昨日までのように普通に暮らしたい」と願う。当然のことだ。だがこの危機は同時に、人類の大部分にこれほど深い恐怖を与え、人間社会のさまざまな欠点や脆弱さを思い知らせた。それは世界観が変わるほどの衝撃であったのではないか。このあとの世界は昨日の世界のままではいないかもしれない、と。

『昨日の世界』

エリュアールが「自由」を書いたのと同じ年、オーストリアの作家、シュテファン・ツヴァイク（1881～1942）の最後の作品が刊行されている。ユダヤ人ゆえにナチスから逃れ、流浪先のブラジルで書いた『昨日の世界』である。ナチスの魔の手にかかるまでの、輝きに満ちていたオーストリアそしてヨーロッパの「最期」を綴った本で、失われた世界への哀切に満ちている。

19世紀から20世紀にかけて、ウィーンやパリなどがどれほど知的な活気に溢れていたか。この本はそれも活写するが、やはり、壊され失われていく昨日のヨーロッパへの惜別が基調をなしている。

そして私は知っていた。いま一度、過ぎ去ったものがすべて過ぎ行き、成し遂げられたものがすべて無に帰してしまったことを。私たちの故郷ヨーロッパ。そのために私たちは生きてきたのに、それがわれわれの生のはるか彼方まで破壊されてしまった。何か別のもの、新しい時代が始まったのだ。だがそこに至るまでに私たちは、どれほど多くの地獄と煉獄をくぐり抜けねばならないだろうか。

そういう言葉を残して、ツヴァイクはみずから命を絶った。むろん、いまの状況はツヴァイクの頃のように「何もかもおしまい」というものではない。世界はまだ続く。だが問題は、何が残るかではなく、何を残すかである。

今回わたしたちは、世界のどこにいても明日はどうなるか分からない、という不確かさを骨身にしみて経験した。その中で、それまでは知らなかった人間の善性や誠実さや連帯も体験した。それら悪い面も良い面も合わせて、明日の世界はもう昨日の世界とは同じにはならないだろう。その中で何を残すかが問われる、と思うのだ。

このつらく苦しい体験を機に、自分たちの生き方や世界のあり方を少し見直してみることにこそ意味がある。「自粛」が続く中で、なくてもよいものがいくつもあったことに気づいた。逆に、「不要不急」とされていてもかけがえがないと気づいたものもある。

東京やニューヨークやパリなど、大都市でとりわけ被害が大きかったことから、人口の密集が社会の弱さにつながることも再認識した。パリからは、「大好きだったが、混雑したパリにはもう戻らない」という言葉も聞こえてきた。つらいが文明的な視点に立った選択ではある。

未来からの解放

また白紙からやり直すのだ、という言葉も耳にした。強い意志に立ち、希望をこめてのことだろう。

しかし、自然を克服し自然の脅威から永遠に自由であるような世界は、いや、そういう世界があるという幻想はもうよみがえらないし、よみがえる必要もない。無限に成長する経済という夢物語も、そろそろ捨てなければならない。


感染者や死者が刻々と増える危機のまっただ中、この国の首相がまだ「経済のV字回復」などと言っているのを聞き、いったい何を考えているのだろうと思った。

まっさらになった場所で一からやり直す、という目標がどれほどむごいものであるか、大津波で大切なあらゆるものを流された東日本被災地の人々には、よくよく実感できるだろう。「あとを更地にした、さあここで一からやり直せ」と言うのは、ときに責め苦でしかなくなるのだ。

ともあれ、「すべてを元に戻す」ことにこだわるべき理由はない。東北の被災地でも、原発まで元に戻して建て直すなどという話は出なかった。つまり、戻さなくともよいことは戻さない。それが、津波であれウイルス被害であれ、こういう大災害のあとの「再建」の原則なのだと思う。

T・S・エリオット（1888〜1965）の詩の中に、「過去からの解放を、そして未来からの解放を」という言葉がある。そう、未来からの解放を考えることが、いま、必要なのだ。わたしたちは、ともすれば「今日より豊かな明日を」という強迫観念を持ちやすい。だが、それがまっとうな目標であるのは、今日、食料や住む家もなく人間らしい生活のできない人々、感染症に対するろくな治療も受けられない人々だけである。一定の「成長の限界」に達した人間たちは、もうそういう強迫観念から解放され、未来から解放されることが必要なのだ。それがいま、ようやく可能になったのではないか。

むろん、必要なのに取り戻すことが決定的にむずかしくなったものもあるだろう。その回復は別に考えるとして、本当に不要なものや災い多きものを、この機会に分別し、箱の中に封印してしまうことが必要になっている。人命を救うことよりも経済指標を保つことだけ考える政治や、危機のどさくさに紛れ、検察まで子飼いにする悪法を目論むような政治は、その箱に放り込めばよい。

この危機はいわば、ギリシャ神話にいう「パンドラの箱」を作り直す機会なのだ。人間に苦しみを与えるすべての原因が飛び出してきた箱である。荒涼とした世界を見つめ、廃すべきものは廃し、残すべきものは残す。もちろん、最後まで箱の中に残ったとされる「希望」という要素だけは、取り出してしっかり残しておこう。

イニスフリー

自由が制約され、多くの人々の死を目にし、

『イニスフリー』より。かつて映画で使われた道路標識。「これ以上はもういらない」と思い定めた村の、詩情あふれる美しい映画だ。

最前線で働く人々に胸打たれる日々、人はさまざまなものに慰さめや励ましを求める。ある人はアイルランドの詩人、イエイツ（1865〜1939）の『イニスフリーの湖島』という詩を挙げていた。起き上がって旅立ち、湖に浮かぶ島に移住し、小さな泥小屋を建て、9畝の豆を植え、波の音に心が安らぐ、という牧歌的な詩だ。

この詩はさらに別の芸術作品へとつながり、長く人の心を慰めることになった。とりわけ、ホセ・ルイス・ゲリン監督（スペイン）による1990年の映画、『イニスフリー』である。いい、ほぼドキュメンタリーと言うべき作品。イエイツが描いた湖島（実在）とは別の、架空の村「イニスフリー」が舞台である。

1951年に米国のジョン・フォード監督がこの場所で映画『静かなる男』を撮り、舞台としてこの地名を使った。こちらは昔懐かしいハリウッド映画だが、『イニスフリー』はその旧作をたどり、かつて撮影された村の様子を描く、心にしみる美しい作品である。

当時の村人がまだ生存していて、この、村の歴史上最大の出来事を幸せそうに回顧する。胸を打たれるのは、昔も今も貧しいアイルランドの小村の、40年を経ても変わらない、落ち着きに満ちたたたずまいだ。緑が広がり、羊たちが歩き、古くからの石橋がかすかな陽射しに浮かぶ。

この国にも深い苦難はあった。イギリスからの独立のための戦争である。どうにかそれをパンドラの箱に閉じ込め直し、少しずつ残すべきものを残してきたのだろう。『イニスフリー』は、そのように、残すべくして残されたものの大切さと強さを静かに語っている。

希望と連帯

5月中旬、いくつかの英紙や米紙に、新しい時代への希望を感じさせる記事が載っていた。コロナ危機は経済弱者や少数民族に特に大きな被害を与え、その人々は十分な救済も与えられずにいる。これもこのあと「パンドラの箱」に戻すべき事柄だが、その現実にまつわる話である。

被害が大きく、とりわけ弱者や少数者が置き去りにされる米国で、先住民の集団に対して募金が寄せられた。寄せたのはアイルランドの人々。寄付された個々の額は10ドルとか20ドルとか、庶民が出せるささやかな浄財である。それを多くの市民が差し出した。

なぜ7000キロも遠くのアイルランドから、アメリカ先住民たちに寄付がなされたのか。1847年、アイルランドで飢饉が起きて人々が苦しみ抜いた。それを知ったアメリカ先住民たちが、自分たちも十分以上に差別と貧しさに苦しんでいたのに、ひとごととは思えず募金し、できる限りのお金を送ったのだ。総額170ドルだったという。

貨幣価値の違いこそあれ、当時としてもささやかな額でしかない。だがアイルランドの人たちは、この時の恩義をずっと忘れずにきた。語り継ぎ、いつか恩返しをしようとしてきた。危機はこうして、人間の尊厳も生み出す。

お礼のメッセージに、アメリカ先住民の一人は万感の思いを込めた。「私たちの苦難に対し、このような連帯を送ってくださり、ありがとう。私たちに寄り添ってくださり、ありがとう」。このあとの世界に残すべき遺産だ。

つらい時期は続く。だが、毎週数回もバーゼルの同僚たちとテレビ会議をする中、遠く離れた国で誰もが同じ苦しみの下にあるということを初めて実感した。不幸の中の連帯ではあるが、それは利益に基づく結束よりはるかに強い。この連帯も、パンドラの箱に戻さず、大切に保とう。わたしたちの「自由」は、その上にこそ取り戻される。

（5月18日）

＊連載「未来の余白から」より

●装丁・本文デザイン　坂川栄治+鳴田小夜子（坂川事務所）
●装画　花岡 幸
●本文イラスト　こいずみ めい
●写真　亀村俊二
（P11、P18、P66、P75、P82、P86、P95、P99、P103）

コロナと向き合う 私たちはどう生きるか

2020年10月1日　第1刷発行

編者　婦人之友社編集部
発行人　入谷伸夫
発行所　株式会社 婦人之友社
〒171-8510 東京都豊島区西池袋2-20-16
https://www.fujinnotomo.co.jp
電話　03-3971-0101（代表）
印刷・製本　シナノ書籍印刷株式会社

ISBN978-4-8292-0940-0